btb

Ivana Sajko, eine der aufregendsten Stimmen der kroatischen Gegenwartsliteratur, führt uns in einen Krieg zwischen Küche und Schlafzimmer: Er, ein arbeitsloser Humanist, versucht die Welt zu verändern und einen Liebesroman zu schreiben. Sie, eine passable Schauspielerin, hat den sicheren Job im Theater gekündigt und kümmert sich um das gemeinsame Kind. Er ist berauscht, sie ist besorgt. Beide kreisen sie umeinander und dem Abgrund entgegen.

Ivana Sajko, geboren 1975 in Zagreb, Kroatien, ist Autorin, Regisseurin, Performerin, Mitgründerin der Theatergruppe »BAD co.« und Redaktionsmitglied des Kunstmagazins »Frakcija«. Sie wurde zum Chevalier de l'ordre des Arts et Lettres ernannt. Für »Liebesroman« wurde sie mit dem Internationalen Literaturpreis des Hauses der Kulturen der Welt ausgezeichnet.

Ivana Sajko

Liebesroman

Roman

Aus dem Kroatischen
von Alida Bremer

btb

Die kroatische Originalausgabe erschien 2015 unter dem Titel
»Ljubavni roman« bei Meandarmedia, Zagreb.

Dieses Buch ist auch als E-Book erhältlich.

MIX
Papier aus verantwortungsvollen Quellen
FSC® C014496

Penguin Random House Verlagsgruppe FSC® N001967

1. Auflage
Genehmigte Taschenbuchausgabe Juni 2021
by btb Verlag in der Penguin Random House Verlagsgruppe GmbH,
Neumarkter Str. 28, 81673 München

Covergestaltung: Umschlaggestaltung: semper smile, München
nach einem Entwurf von © HawaiiF3 — Graphic Design Studio, Leipzig
Druck und Einband: GGP Media GmbH, Pößneck
mr · Herstellung: sc
Printed in Germany
ISBN 978-3-442-71851-1

www.btb-verlag.de
www.facebook.com/btbverlag

Dieses Buch entstand in Graz, Pula und Zagreb mit großer Unterstützung der Kulturvermittlung Steiermark und dank eines Jean-Jacques-Rousseau-Stipendiums. Ich bedanke mich bei Luise und dem Geist von Cerrini, die auf unser zeitweiliges Zuhause achtgegeben haben, sowie bei Tomi und Ivana, die uns in aller Freundschaft ihre Wohnung zur Verfügung gestellt haben. Mit größter Zärtlichkeit widme ich das Buch Yves und all den lieben Menschen um ihn herum.

Die Übersetzerin bedankt sich beim Ministerium für Familie, Kinder, Jugend, Kultur und Sport des Landes NRW und beim Europäischen Übersetzer-Kollegium NRW in Straelen für die Unterstützung.

1.

WORTE, WORTE, WORTE, rief er mit voller Stimme, es war das Erste, was ihm eingefallen war, als er es endlich geschafft hatte, sich zwischen ihre fieberhaft hervorgestoßenen Sätze zu drängen, er hatte nicht einmal versucht zu begreifen, wovon sie sprach, ihr heißer Atem an seinem Ohr hatte ihn aufschrecken lassen, er war irritierend hartnäckig wie ein Wecker gewesen, er wollte ihn mit einem Faustschlag zertrümmern und brüllte deshalb Worte, Worte, Worte, wie ein Mensch, der den Klingelton des Weckers nicht mehr ertragen kann, wie ein Mensch, der, seien wir ehrlich, auch ihre Nähe nicht mehr ertrug, und auch nicht ihren Mund und den heißen Dampf, der ihm entwich, er brüllte mit der Kraft eines verletzten Menschen, als hätte sie ihn verbrüht, und sie hatte kurz den Eindruck, dass durch sein Brüllen die Wände einstürzen würden, deshalb krümmte sie sich zusammen, versteckte ihren Kopf in ihren Händen, raufte sich die Haare und kniff ihre Augen so stark zusammen, dass es schmerzte, sie reagierte typisch weiblich, typisch für seine Maßstäbe, das heißt übertrieben, hysterisch und selbstzerstörerisch, da sie voller Absicht ihre Haare mit den Wurzeln herausriss, absichtlich krümmte sie sich zu der Form eines zerschlagenen Weckers, und sie zwang sich zu weinen, als wollte sie sich mit dieser klassischen Szene häuslicher Gewalt rächen. Sie konstruierte sie, indem sie ihr tränenüberströmtes Gesicht zu ihm wandte, zur Zimmerdecke, zum Himmel, wobei sie sich mit den Händen schützte, aus denen Büschel ausgerissener Haare fielen.

Es beeindruckte ihn nicht.

Es stand ihr nicht gut.

Sie war imstande, sich etwas noch viel Widerlicheres einfallen zu lassen.

Es reichte, dass sie ihren Mund öffnete. Aber er würde ihr das nicht erlauben.

Er ging in die Luft wie ein Vulkan, die Lava stieg in seine Wangen, irre geworden hob er seinen Arm, er hob seinen Arm, er hob seinen Arm, und … er hielt inne, denn eine Ohrfeige würde noch mehr wehtun, wenn sie als ein Wort einschlug, als lautes und sinnloses Wort, das in alle Richtungen knallt und sich nicht übertönen lässt, deshalb schrie er wieder: Worte, Worte, Worte, und die Worte donnerten durch das Zimmer, durch die ganze Wohnung, oder, um es präziser auszudrücken, durch die enge Zweizimmerwohnung, die sie viel zu teuer gemietet hatten, sodass die meisten dieser Ausbrüche durch die Tatsache erklärt werden konnten, dass sie schon wieder ihre Miete nicht rechtzeitig hatten zahlen können. Niederschmetternd, aber so war es nun einmal.

Sie hatte sich ihr Leben viel entspannter und auf viel größerer Wohnfläche vorgestellt.

Er stimmte ihr zu, dass sie tatsächlich die Arschkarte gezogen hatte.

Aber es war besser, nicht zu diesem Thema zurückzukehren.

Nicht jetzt, denn die Worte standen im Raum.

Man könnte sie mit Treibsand vergleichen. Sie verwandeln sich zwischen den Zähnen zu Krümeln und werden zu schleimigem Sand zermahlen, sodass sich an den Lippen nur schlammige Blasen ohne jeden Inhalt bilden. Sie fließen ihnen das Kinn hinunter. Sie beide sollten sich im Spiegel anschauen und sich dieses Bild gut einprägen. Damit ihnen übel wird. Aber sie werden es nicht tun. Sie werden lieber weiter diese Schlammbläschen produzieren, bis ihnen der Sauerstoff ausgeht, bis die letzten Bläschen auf das Parkett getröpfelt sind, von dem sie sie dann aufwischen, sie können doch nicht in einem Schweinestall wohnen. Erst dann werden sie sich im Spiegel anschauen, sie werden sich die Spucke vom Kinn und die zerflossene Wimperntusche unter den Augen entfernen, das Haar kämmen, die Kleidung glätten, ein- und ausatmen und sterben. Man könnte es auch so sagen: Sie werden einen weiteren Tod sterben, sie werden auf tragische Weise an den Schweinereien ersticken, in die sie regelmäßig treten wie zwei leidenschaftliche Selbstmörder. Aber sie wird nicht die Erste sein, die nach einem Lappen langt, nein, das wird sie nicht, sie wird den Schlamm auf dem Boden verkrusten lassen, damit er sehen kann, wie seine Worte, Worte, Worte bei genauerem Betrachten wirklich aussehen.

Ihm war vermutlich auch selbst klar, wie dumm es war, Worte, Worte, Worte zu wiederholen, ohne irgendetwas zu sagen, außer zu demonstrieren, wie sinnlos und wie allzu laut jedes Wort war. Wollte er ausgerechnet das zum Ausdruck bringen, dass sie sich gegenseitig nichts mehr zu sagen hatten, sodass es keinen berechtigten Grund geben konnte, ihn aus dem Schlaf zu reißen, aus seinem wohlverdienten Schlaf, er wollte das bitte schön betonen, mit dem er doch nur diese hartnäckige Müdigkeit heilen wollte, dieses verfluchte Lebenstempo und die rasche Abfolge von Monatsmieten, die ihn in einem Monat zehn Jahre älter machten, er war schon hundert, zweihundert, dreihundert Jahre alt, ihm war schon seit Langem alles zu viel, und sollte sie es unbedingt wissen wollen, dann würde er ihr versichern, dass auch er sich eine weitaus entspanntere Situation vorgestellt hatte, ruhige Nachmittage, er liegt auf der Couch und verdaut sein Mittagessen, schläft ein, die Beine auf das Tischchen gelegt, und er wacht auf zu den Abendnachrichten, er hatte sich vorgestellt, dass sich die Dinge von alleine lösen würden oder dass er zumindest kein schlechtes Gewissen haben würde, wenn es nicht passierte, und er hatte wirklich nicht erwartet, dass Bekannte sich voller Mitleid nach seiner Gesundheit erkundigen würden, weil er erschöpft, ausgelaugt und im Arsch war, weil er wie jemand wirkte, der einen Tumor und nicht eine Frau hatte, die es ihm immer doppelt zurückzahlte und die ihn daran erinnerte, dass nicht nur sie, sondern auch er die Arschkarte gezogen hatte. Eine fette

Arschkarte. Und dann fügte sie noch hinzu, dass ihn niemand so lieben würde wie sie. Er solle sich das gefälligst merken.

Niemand.

Niemals.

So wie ich.

Er konnte es nicht mehr ertragen. Er konnte nicht mehr diese hoch konzentrierte Ansammlung an widersprüchlichen Sätzen ertragen, ohne dabei verrückt zu werden oder sich zu besaufen. Er musste dringend ausschlafen. Er musste sich dringend in jene Couchritze legen, ausschalten, neu starten und vergessen, dass sie ihn mit ihrer Liebe schon wieder beinahe getötet hatte. Und er machte das in der Tat regelmäßig, er schlief wie ein Kranker ein, er krümmte sich um den vermeintlichen Tumor und deckte sich mit der Grimasse der Müdigkeit zu. Und sie sah, wie stumme Schmerzen über sein Gesicht huschten, sie hatte es auch vorhin gesehen, sie hatte Mitleid mit ihm, er wirkte wie jemand, der einen Notarzt braucht, deswegen entschloss sie sich, näher zu kommen, ihm über das Haar zu streichen und ihm zuzuflüstern, dass unter ihrem Fenster ein Spatzenpärchen ein Nest baue, sie wollte mit ihm diese wunderschöne Liebesszene teilen, diese Szene der Zweisamkeit von Vögeln, eines natürlichen

Gleichgewichts, und sie wollte ihm sagen, dass das ein sicheres Zeichen des Frühlings sei und dass die Heizkosten im nächsten Monat hoffentlich niedriger sein würden. Sie wollte ihm das Eine sagen, aber er verstand das Andere, er holte mit seinem Arm aus und brüllte: Worte, Worte, Worte, und sie wandte ihren Blick zum Himmel mit dem gleichen Gesichtsausdruck, den er eben noch selbst hatte, sie dachte an die Spatzen, die erschrocken aus der Baumkrone aufflogen, und dann stand sie auf, schüttelte die Haarbüschel von den Händen und rannte ins Nebenzimmer und schlug mit voller Wucht die Tür zu.

Sie hatte es nicht gewollt, aber nun war es zu spät. Das Kind stellte sich verängstigt in seinem Bettchen auf die Beine. Es dachte, dass es nur träume, von einem Erdbeben oder von einem Vulkanausbruch, doch dann erzitterte das Zimmer wirklich. Es sah sie an, als sähe es sie zum ersten Mal, und sie nahm es in ihre Arme und flüsterte, dass es in Sicherheit sei, dass Mama gekommen sei, dass Mama da sei, doch das klang nicht wie eine glückliche Botschaft. Aber das Kind hatte keine Wahl und drückte sich deshalb an die Mutter, beziehungsweise sie drückte sich an das Kind, sie wiegte sich in seiner Umarmung und wiederholte, dass alles in Ordnung sei, es war nur ein Windstoß, er hat die Möbel verrückt und die Tür zuknallen lassen. Schau aus dem Fenster, auch dort draußen biegt der Wind die Zweige.

Alles wird vorübergehen, sagte sie zu ihm.

Eines Tages werden wir über all das lachen.

Wir werden uns nur an Details erinnern: an den Blick aus dem Fenster, an den Schnee im Frühjahr und andere kleine Wunder. Daran, wie auf einer gebeugten Zypresse jenseits der Fensterscheibe ein leeres Nest im Wind schaukelte, und wie die Spatzen über den Parkplatz flatterten. In ihrer Erinnerung wird das weiße Bild dieses Parkplatzes bleiben und der Hang mit den erfrorenen Obstbäumen und der Kindergarten, den die Nonnen aus dem benachbarten Kloster leiten. Sie kamen jeden Tag heraus, eingewickelt in Schals und lange Mäntel, um mit Schaufeln Schnee von den Gartenpfaden zu schippen, und dann stiegen sie zur Kapelle hinauf, zu einer langen Kolonne gereiht, einem Leichenzug ähnlich.

Hör mal, wie sie singen.

Sie erklärte ihm, dass auch Nonnen ein Kind haben, es heißt Jesus. Sie beten jeden Tag für seine Gesundheit, sie dekorieren es mit Margeriten, sie wischen den Staub von seinem Podest und reiben ihn mit Marmorpolitur ein, denn der kleine Jesus kümmert sich um jene, die ihm dienen, er beschützt Arme, Kranke und Unglückliche, er bringt ihnen bei, dass sie lächelnd ihre Bürden tragen und daran glauben sollen, dass diese von alleine verschwinden werden. Eines Tages wird uns das Himmelreich gehören.

Vielleicht wenn du groß bist?

Das Kind hörte geduldig zu, als sie ihm von Jesus erzählte, genauso wie wenn sie ihm von Gravitation, Strom oder Delfinen zu erzählen pflegte. Und es war gar nicht wichtig, dass sie nichts von Physik und Elektrik verstand, dass sie nie Delfine gesehen hatte und dass sie nicht an Jesus glaubte, es war nur wichtig, dass es wie ein Märchen klang.

Dann hörte man Glocken.

Es war Zeit für den Gottesdienst.

Beim dritten Schlag öffnete er leise die Zimmertür. Er kam nicht herein. Er hatte Angst, dass er in irgendeine Scheiße auf dem Parkettboden treten würde. Er sah die beiden von hinten an, er stellte sich vor, wie er näher kommt, wie er das Haar des Kindes streichelt, wie er versöhnlich seine Hand auf ihre Schulter legt, während sie ihren Kopf beugt und ihre Wange an seiner Hand reibt, so wie das Katzen tun oder Frauen, die nicht nachtragend sind, und dann stehen sie alle gemeinsam vor dem zugefrorenen Fenster und denken zahme Gedanken über Schnee und Milch.

Dann drehte sie sich zu ihm und sagte, dass die Spatzen doch zurück ins Nest gekommen waren. Er nickte zufrieden, obwohl er keine Ahnung hatte, wovon sie redete, doch das war gar nicht wichtig, wichtig war nur, dass es sich wie ein Märchen anhörte.

2.

MENSCHEN SOLLTEN IN FRIEDEN UND EINTRACHT LEBEN, das sind die ersten Worte, die der Nachbar sagt. Er hat ihn nicht begrüßt, sondern sofort losgelegt, als würde er sich fürchten, dass der andere ihm die Tür vor der Nase zuknallen könnte, bevor er den Grund seines Besuchs genannt hat. Und er hat mindestens fünf Minuten geklingelt, wobei es ihnen wie eine Stunde vorgekommen war. Er hat so lange geklingelt, dass sie es sogar geschafft hatten, sich zu zerstreiten, da sie vermutet hatten, dass es der Nachbar aus der dritten Etage sei, der ihnen vorwerfen würde, dass sie immer noch nicht den Beitrag für die Treppenbeleuchtung bezahlt und dass sie den Schnee vor dem Eingang nicht fortgeräumt haben, als sie an der Reihe waren. Er hatte keine Lust gehabt, auf dem Parkplatz zu frieren, und sie hatte vergessen, das Geld in den Briefkasten des Nachbarn zu werfen. Sie hat es vergessen, na und? Sie standen im Flur und warfen sich schweigend vorwurfsvolle Blicke zu.

Das Klingeln verstummte kurz.

Vielleicht ist er schon weg?

Vielleicht ist er …

Dann klingelte es wieder an der Tür, sie zuckte mit den Schultern und verschwand gleichgültig in der Küche, als wäre es seine Aufgabe, ihre Versäumnisse zu korrigieren. Er warf noch einmal einen Blick durch das Guckloch und zerzauste sich die Haare. Er wollte den Eindruck vermitteln, dass er gerade aufgewacht war. Erst dann hat er die Tür geöffnet.

Der Nachbar steht in Pantoffeln da, überspringt die Begrüßung und legt los mit dem Satz über Frieden und Eintracht. Er erwähnt weder das Glatteis vor dem Eingang noch die unbezahlten Rechnungen, sondern er fährt fort, dass man in diesen schweren Zeiten gute Absichten hegen und die Dinge in die eigenen Hände nehmen solle. Damit es nicht noch schlimmer werde. Er nickt, stimmt allem zu, nur um schnell zu einer Übereinkunft kommen und wieder die Tür schließen zu können.

Doch der Nachbar ist schneller als er, er tritt mit seinem Pantoffel in den Flur, schiebt seinen Kopf hinterher und lässt ihn wissen, dass er noch nicht fertig sei. Er wird nicht lauter, er beschleunigt nur seine Rede.

Wir sollten verantwortungsvoll und gewissenhaft sein, sagt der Nachbar, natürlich meine er nicht ihn, sondern ganz allgemein, denn er sei zweifelsohne in Ordnung. Er habe seine Gewohnheit bemerkt, die Tüten mit Plastikflaschen und mit dem Glas neben die Mülltonnen zu stellen. Die Menschen haben angefangen, sich um die Mülltonnen zu versammeln, es ist ja logisch, jeden Tag finden sie etwas neben den Mülltonnen. Inzwischen kommen sie schon regelmäßig, um zu prüfen, ob etwas an die Seite gelegt wurde, und wenn sie diese besondere Tüte nicht finden, dann suchen sie sie in den Mülltonnen, sie wühlen, suchen ... Sie haben sie daran gewöhnt, sagt der Nachbar zu ihm. Das sei auf jeden Fall lobenswert, die Tatsache, dass er daran denke, dass für einen anderen das Kleingeld, das man für Glas und Plastikflaschen bekommt, viel bedeuten könne, doch die Mülltonnen stünden direkt am Zaun zum Kindergarten, und die Kinder sähen, was sich da abspiele, diese ganze menschliche Verzweiflung und Armut.

Ob er nicht meine, dass man die Kinder davor schützen solle?

Der Nachbar fragt noch einmal, einfach so, allgemein, und er antwortet natürlich nicht. Er verteidigt sich mit seiner Schläfrigkeit und denkt sich seinen Teil, da er sich wirklich nicht für die fremden Kinder interessiert, und auch diese menschliche Verzweiflung und Armut interessieren ihn nicht die Bohne. Das sind doch alltägliche Szenen. Er hat im Fernsehen schon Schlimmeres gesehen. Das Einzige, was ihn in diesem Augenblick stört, ist der Pantoffel des Nachbarn, der in seiner Tür steht. Er würde ihm gerne sagen, dass er Leine ziehen solle, dass er sich verpissen möge, dass es acht Uhr morgens sei und dass es vielleicht in einer Stunde möglich wäre, darüber zu sprechen, aber noch besser überhaupt nicht, doch er ist allzu gut erzogen und reißt sich deshalb zusammen, obwohl seine Frau immer das Gegenteil behauptet. Er stützt sich auf die Türklinke und reibt sich die Augen.

Es wird schon vorübergehen.

Ihre Frau hat gestern eine Tüte mit einem Wintermantel dort abgestellt, fährt der Nachbar fort, mit dem roten Wintermantel, den sie in ihrer Schwangerschaft getragen hat, und heute früh, genauer gesagt gerade eben, haben sich zwei Männer um diesen Mantel gestritten, es fehlte nur, dass sie sich gegenseitig umbringen, die Kinder haben durch den Zaun zugeschaut, die beiden haben geflucht und geschrien, der eine hat den anderen mit der Faust aufs Kinn geschlagen, dann mit dem Fuß in den Bauch getreten und ihn zwischen die Mülltonnen geworfen. Anschließend hat er den Inhalt der Tüten, die er dabeihatte, auf ihn geschüttet. Der Müll liegt immer noch auf dem Parkplatz, und ich frage mich, ob es sich lohnt, die Kinder wegen ein paar Plastikflaschen und einem alten Schwangerschaftsmantel der Gewalt und dem Elend auszusetzen, oder was meinen Sie?

Also, wie denken Sie darüber?

Nun sagen Sie schon!

Eigentlich sollte der Nachbar dankbar sein, dass er nicht antwortet, da er darin geübt ist, eine Unmenge ausgesprochenen Unsinns schweigend über sich ergehen zu lassen. Er kann unzählige dumme und schlecht intonierte Sätze ertragen, ohne dass auch nur ein einziger seiner Nerven zu zittern beginnt, ohne dass er sie überhaupt hört. Er kann das Eine hören und das Andere denken, er kann sich zum Beispiel ausmalen, wie der Nachbar bei Tee und Brot mit Margarine die Schlägerei vor dem Gebäude beobachtet, sich entschlossen den Mund abwischt und dann zwei Etagen nach unten läuft, ohne seine Schuhe anzuziehen, mit dem Eifer eines Mannes, der spürt, dass es seine Pflicht ist, etwas zu tun. Er weiß schon, auf welche Klingel er nun stürmisch drücken wird, es ist nicht das erste Mal, oh nein, was diese Türschwelle betrifft, ist er schon versiert, er kennt sich aus, und er weiß, dass er hier hartnäckig bleiben muss, da ihm früher oder später eine triefäugige Gestalt die Tür öffnen wird, dieselbe Gestalt, die die Hausordnung missachtet, die keinen Schnee schippt, die den Strom nicht bezahlt und den Müll nicht trennt, sondern die Abfälle der Gewalt und dem Elend aussetzt, wie er es soeben eindrücklich geschildert hat, sodass anständigen Menschen der Appetit auf ihr Frühstück vergeht. Der Nachbar registriert alles, was seine Mitmenschen tun, der Nachbar hat bestimmt alle leeren Weinflaschen gezählt, die er einfach in die Mülltonne geworfen hat, er hat die Anzahl der Weinflaschen in Gläser umgerechnet und festgestellt, dass er zu viel trinkt. Aufgrund der Etiketten konnte er feststellen, dass der Wein im Sonderangebot bei einem Discounter in der Nähe gekauft worden war, ein ganzer Karton für den Preis einer normalen Flasche, was bedeutet, dass er entweder ekelhaft oder vergiftet war und dass ihn niemand, der es nicht unbedingt muss, probieren würde. Doch er musste. Aber es fällt ihm nicht im Traum ein, sich zu rechtfertigen. Der Nachbar hat schon eine feste Meinung über seine edlen Absichten und schlechten Gewohnheiten, weshalb jede Bemühung, einen guten Eindruck zu hinterlassen, zu spät kommen würde. Er muss sich nicht einmal waschen. Er könnte sich die Augen noch einmal reiben. Aus purem Trotz.

Der Nachbar denkt sowieso, dass Schläfrigkeit ein Ausdruck von Faulheit sei – und nicht von Müdigkeit.

Der Nachbar denkt ebenfalls, dass Müdigkeit ein Zeichen für Schwäche ist – und nicht für anständige Arbeit.

Der Nachbar glaubt, dass anständige Arbeit ein anständiges Gehalt mit sich bringt.

So ist es aber nicht.

Doch der Nachbar kennt ihn trotz alledem besser als er sich selbst.

Und erinnert sich sicher besser an all das, was er lieber vergessen würde.

Ihm fällt seine Frau ein, mit ihrem runden Ball unter dem roten Mantel, die den tragbaren Fernseher in den Müll geworfen hat, da sie ihn für ihre Kommunikationskrise verantwortlich machte. Zumindest hatte sie es damals so ausgedrückt. Nachdem sie ihm vorgeworfen hatte, dass die Abendnachrichten, die er parallel auf drei verschiedenen Kanälen zu verfolgen pflegte, nichts mit dem Bedarf, besser informiert zu sein, zu tun haben, sondern mit dem Bedürfnis nach einer Flucht vor allem, was geschieht, zuallererst vor ihr und vor diesem Ball unter ihrem Mantel, hatte sie den Stecker aus der Wand gerissen, das Gerät auf ihren Bauch gestellt und nach draußen getragen. Er hatte befürchtet, sie könnte eine Frühgeburt erleiden. Am Abend saß er auf der Couch, starrte auf das stille Loch an der Stelle, wo das Fernsehgerät gestanden hatte, und bemühte sich, nicht die ganze Packung zu rauchen. Sie hielt Wache neben ihm. Sie wartete darauf, dass es unterhaltsamer werden würde. Vergeblich. Sie streichelte ihren Bauch, sie hüstelte gezwungen und wirkte immer unglücklicher. Er sah nur noch weiß. Er sagte ihr, dass gerade die Entscheidung darüber fallen würde, ob Griechenland in der Währungsunion bleiben könne, auch wenn es seine Schulden nicht zurückzahlen würde. Er versuchte mit ihr zu reden. Aber sie antwortete, dass Griechenland ihr so was von gestohlen bleiben könne und dass sie ihre eigenen Schulden hätten. An dieser Stelle ging er in die Luft. Er brüllte und fragte, warum sie jeden Dreck auf sich selbst beziehungsweise auf ihn beziehen müsse, warum sie sich nicht umschaue und erkenne, was in der Welt vor sich gehe, unter welchem Druck andere Menschen lebten und was für Scheiße sie schlucken müssten? Sie schrie noch lauter, dass fremde Scheiße sie nicht interessiere, dass sie in der eigenen ersticke, und sie verlangte von ihm, ihr zu erklären, warum er ständig vor dem Fernseher herumgammele, obwohl ihn das alles gar nichts angehe? Warum zähle er die Streiks in Spanien, warum zähle er die Quoten für Emigranten aus Rumänien, warum beschäftige er sich mit der Höhe nicht bezahlter Steuern in Italien und warum, in Gottes Namen, habe er die Barschaften, Diamanten und Uhren in Kilogramm umgerechnet, für die der ehemalige Premierminister diesen beschissenen Staat verramscht hatte, bevor er im Gefängnis landete?

Warum?!!!

Um mich zu entspannen.

Sie hatte ihn nicht gefragt, warum er angespannt sei. Sie hatte sich demonstrativ ins Badezimmer eingeschlossen und ihn allein mit der Wand gelassen. Er verspürte den Wunsch, die Wand zu zerschlagen. Sie kam zurück, während der Spätnachrichten. Das Fernsehgerät war wieder an seinem Platz. Griechenland hatte einen neuen Kredit bekommen unter der Bedingung, neue ökonomische Maßnahmen zu ergreifen, die zulasten der Bürger gehen würden. Sie begann zu weinen. Er sagte ihr, dass daran nur die Hormone schuld seien, aber sie riss den roten Mantel vom Haken und stürzte nach draußen. Zum zweiten Mal an diesem Abend.

Wohin gehst du?!

Nach Griechenland! Zum Teufel!

Er entschloss sich, zehn Minuten abzuwarten und sich dann auf die Suche zu begeben. Nach weniger als fünf Minuten kam sie zurück. Sie sah aus wie ein Erdbeben, sie sprach mit ihrem Bauch, und sie tat so, als würde sie ihn nicht sehen. Er stellte den Fernseher ab, aber es half nicht. Dann umarmte er sie. Sie und den Ball. Vielleicht bat er sie sogar, ihm zu verzeihen. Doch sie zitterte immer noch und ließ die Hände auf dem Bauch liegen, so als wäre sie wirklich allein im Zimmer, als wäre sie allein auf der ganzen Welt, einer Welt, in der jeder seinen Kopf in die eigene Scheiße und in sein Fernsehgerät steckt, sodass es niemanden mehr gibt, den sie um Hilfe hätte bitten können, um Unterstützung, um ein wenig Verständnis und ein Körnchen Optimismus, denn, wie die Nachrichten verkündeten und wie schließlich auch er immer behauptete, es würde alles noch schlimmer werden, das hatte doch nichts mit ihren Hormonen zu tun. Immer wieder murmelte sie: mein armes Kind, und schluchzte in seiner Umarmung. Er erinnerte sie daran, dass es auch sein Kind sei, und dann wurde alles noch schlimmer. Sowohl für ihn als auch für sie.

Am nächsten Tag erblickte er die Botschaft, die in großen Buchstaben auf die Fensterscheibe seines Autos geschrieben stand: IDIOT. Es war ihre Schrift.

Er vermutet, dass dem Nachbarn diese Begebenheit nicht entgangen war und dass dieser nun deshalb mit ihm wie mit einem Idioten spricht, der schweigend die eigene Diagnose akzeptiert und die durchsichtige Predigt über Frieden, Eintracht und gute Absichten schlucken wird, als würde er nicht kapieren, dass es nicht um das Wohl der Kinder jenseits des Kindergartenzauns geht, sondern um das Wohl seines eigenen Kindes. Doch für alle Fälle spricht der Nachbar darüber nicht offen mit ihm, da er annimmt, dass ein Idiot intuitiv spürt, dass er ein Idiot ist, dass auch er eine Toleranzgrenze besitzt und dass seine Haut verletzt werden kann, obwohl sie dick ist, da es sicher eine Stelle gibt, die vor lauter Beleidigungen verschlissen ist. Deshalb klingelt er so früh am Morgen bei ihm. Er möchte ihn unvorbereitet erwischen. Er fürchtet sich davor, dass er ihn an dieser verschlissenen Stelle treffen könnte, es wäre ungünstig, wenn sie platzen würde und zu bluten begänne, denn er platzt ab und zu wie ein Vulkan, wie damals, als es um Griechenland ging und als ihn der Wunsch überkam, die Wand zu zerschlagen, genauso wie er jetzt den Wunsch verspürt, dem Nachbarn die Pantoffeln zwischen die Zähne zu schieben, da er sich wirklich wünscht, dass sich dieser nicht allgemein und in Metaphern an ihn wendet, sondern dass er ihn irgendwo wirklich trifft, damit Blut fließt, dass er das Kind trifft, diese Frau, dass er aufhört, um den heißen Brei herumzureden, ihm vorzuhalten, dass er die Hausordnung missachte und das Ansehen dieser ehemals feinen Nachbarschaft schädige, dass dieser ihm also offen sagt, dass er ernsthafte familiäre Probleme habe, die nicht nur ihn, sondern das ganze Gebäude, wenn nicht sogar den ganzen Staat betreffen, denn er gibt seinem Kind ein falsches Beispiel, sodass es ihm, Gott behüte, als Erwachsener ähneln könnte, es könnte zu einem weiteren emotional gehemmten und überschuldeten Idioten heranwachsen, der die Gemeinschaft belastet. In Griechenland wimmelt es von solchen Typen.

Es kann sein, dass er übertreibt, es kann sein, dass der Nachbar nur das denkt, was er sagt, und dass er sich wirklich Sorgen macht wegen der wachsenden

Gewalt auf der Straße, dass er wirklich wegen der Szenen beunruhigt ist, bei denen Menschen schließlich auch in seinem Müll wühlen, es kann sein, dass der Nachbar ihm nie sagen würde, was er doch so gerne von irgendjemandem hören will, selbst wenn es früh am Morgen ist, damit er aus der Haut fahren kann, so wie heute jeder anständige Mensch aus der Haut fährt, wenn diese zu dünn geworden ist. Er wäre gerne ein anständiger Mensch.

Hoffentlich weiß sie das auch.

Er würde gerne aus der Haut fahren.

Das sieht man in seinen Augen. Auch der Nachbar sieht es.

Er ist von der Türschwelle zurückgewichen, hat ihm freundlich mit der Faust auf die Brust geschlagen, so wie es alte Kumpel tun, die sich stillschweigend verstehen, er hat sich beinahe bei ihm entschuldigt und hat ihn mit einer Geste wissen lassen, dass er seine Situation vollkommen versteht, die Sache mit dem Kind, mit der Frau, mit den schweren Zeiten, deren Ende man noch nicht absehen kann, und er versteht auch, dass er manchmal das eine oder andere Glas über den Durst trinken muss, um sich zu entspannen, dass er manchmal seine Stimme heben muss, wenn nötig so sehr, dass man sie oben in der dritten Etage hört, wo man sie vor einigen

Tagen sehr deutlich hören konnte, als man zu Ostern gekochten Schinken in Scheiben schnitt, und niemand hat sich deswegen geärgert, nein, sie haben nur bedauert, dass dieser verantwortungsvolle und gewissenhafte Mann, der anderen so viel hilft, sich selbst nicht helfen kann.

Der Nachbar kennt ihn bis in seine Seele.

Was wollte der, fragt sie ihn später. Es kommt ihr so vor, als hätten sie ungewöhnlich lange in der Tür gestanden. Und er antwortet ihr, dass der Nachbar sie zum Kaffee eingeladen habe, ja, zu Kaffee und Kuchen, der Nachbar habe ihm gesagt, dass es ihm eine außerordentliche Freude wäre, wenn sie bei ihm vorbeischauen und sein Osterarrangement bewundern würden, das er im Wohnzimmer aufgestellt habe, vor allem wenn sie käme, denn man könne ihr auf den ersten Blick ansehen, dass sie über eine künstlerische Seele verfüge und dass sie sicher sein Kunstwerk zu schätzen wissen würde. Seitdem er pensioniert sei, fertige er regelmäßig solche Arrangements an, so habe er ihm erzählt, er hole Farnkraut aus dem Wald, trockene Äste und alte Baumstümpfe, und dann forme er zu Weihnachten den Stall, Schäfchen und Esel und zu Ostern Häschen und Hühner, dazwischen stelle er Figürchen, die seine Frau aus Brot anfertige

– Maria, Jesus, Josef, die Apostel, die Hirten, die Könige, alles sehe ganz echt aus. Vielleicht wäre es schön, wenn wir seiner Einladung folgen würden, sagt er. Doch sie zögert. Es stimme schon, sie freue sich darüber, dass der Nachbar das an ihr bemerkt habe, was niemand mehr sehe, und zwar auf den ersten Blick, aber sie habe wirklich nichts mit Ostern am Hut. Sie habe nicht einmal gewusst, dass das Fest schon vorbei sei. Sie habe nur den Schnee bemerkt.

3.

NIEMAND WEISS, WIE ES IHR GEHT. Niemand weiß es, da auch niemand fragt. Und das führt zu der ungesunden Gewohnheit, sich verschiedenen Gegenständen anzuvertrauen, ungewaschenem Geschirr, Regalbrettern, dem Erstbesten, was ihr in die Hände fällt, und deshalb ist es auch kein Wunder, dass sie sich unverstanden fühlt. Davon könnte sie sogar krank werden. Das ist das Letzte, was sie jetzt braucht. Vermutlich läuft sie aus diesem Grund in die dritte Etage. Ganz langsam. Sie hat ein Kleid angezogen, das Haar hochgesteckt und Lippenstift aufgetragen. Das Kind hat sich an die Haarsträhne gehängt, die charmant aus ihrem Haardutt hätte herausschauen sollen, und mit seinem anderen Händchen versucht es, die Schalter im Treppenhaus zu erreichen. Sie flüstert ihm zu, er solle doch brav sein, wenn sie zu den Nachbarn kommen. Er möge dort nicht die Schalter anfassen, nicht seine Fingerchen in die Steckdosen schieben, nicht an der Tischdecke ziehen, nicht die Schubladen öffnen, sich nicht zwischen irgendjemandes Beine werfen und so weiter und so weiter. Denn wenn er all das täte, würde sie der Nachbar nie wieder einladen. Obwohl es ihr eigentlich am Arsch vorbeigehe, denn Mama hasse Ostern, Jesus gehe ihr auf die Nerven, aber sie habe einfach keine bessere Gesellschaft. All das flüstert sie ihm leise zu, und das Kind kichert ihr ins Ohr, genauso wie es die schmutzigen Teller und die Schlüpfer im Wäscheschrank tun, als würde es verstehen, dass sie soeben einen weiteren ihrer widersprüchlichen Sätze zum Besten gegeben hat. Doch ihr ist völlig klar, was sie damit sagen wollte. Denn sie hat den ganzen Tag darüber nachgedacht, ob es nicht dumm wäre, diese Einladung zum Kaffee zurückzuweisen und zu Hause zu bleiben, bei dem stummen Schrank, dem sie das zu erklären versucht hat, was sie auch dem Nachbarn nur schwer erklären kann, dass nämlich Jesus weder der Erste noch der Letzte sei, der von Gott, seinen Freunden und dem Glück verlassen worden ist, und dass er weder der Erste noch der Letzte sei, der unerträgliche

Schmerzen zu erleiden hatte, aber dass er gewiss der Einzige sei, der es geschafft hat, aus all dem Gewinn zu schlagen, denn, seien wir objektiv, es gibt unzählige Menschen, die ihm ähnlich sind, verlassen und gekreuzigt, und die im Namen des Allgemeinwohls verrecken, im Namen einer besseren Zukunft oder zumindest einer Zukunft für die eigenen Kinder, die auf die Gnade warten, die sich verspätet hat oder überhaupt nicht mehr kommt, die in ihrer Geldbörse kramen, in der es nur ein paar Münzen gibt, und die sich mit der Frage an Gott wenden, warum er sie bestohlen habe, sie fragen sich, naiv, wie sie sind, warum er ihnen nicht antwortet, und dabei gelingt es ihnen nicht, sich mit der Tatsache abzufinden, dass sie weder die Ersten noch die Letzten und nicht mal originell sind, dass es Qualen und leere Geldbörsen zuhauf gibt, dass ihre Leiden so gewöhnlich wie die Langeweile sind, dass ihre Kreuze aus Blech und Spanplatten zusammengezimmert sind, während jenes von Jesus aus Eichenholz oder Marmor gearbeitet und deshalb auch wertvoller ist. Und sie können bis übermorgen bluten, ohne Mitleid zu erwecken oder beispielsweise ein Ostergesteck oder eine kleine Kapelle zu bekommen. Das könnte sie ihm nie erklären, denn das Herz des Nachbarn ist zu klein, um mehr als einen Jesus zu beherbergen.

So klein wie letzlich auch ihr Herz.

Auch sie wird nicht auf jedes Klagelied hereinfallen. Die Menschen lieben es einfach zu jammern. Sie lieben es, die Ausmaße ihrer Kreuze zu übertreiben, damit man sie ernst nimmt. Doch sie kann im Nu einschätzen, ob sie die Wahrheit sagen oder ob sie sich nur an der Logik orientieren, dass der Mensch frustriert und pleite sein muss, um ehrlich wirken zu können. Sie kann schon auf den ersten Blick jene, die bei ihren wöchentlichen Einkäufen ihr Geld verprassen, von denen unterscheiden, die auf einen Kinobesuch sparen, um am Ende doch nicht ins Kino zu gehen, da sie ansonsten ein schlechtes Gewissen haben würden, weil sie ihr Geld für irgendwelchen Unfug ausgegeben haben, genauso wie sie sehr einfach die Glaubwürdigkeit ihrer Probleme anhand der Schuhe an ihren Füßen einschätzen kann oder anhand der Leichtigkeit, mit der sie den Parkplatz bezahlen oder zu einem Drink einladen und nicht verstehen, worüber sie eigentlich spricht, wenn sie ihnen in aller Deutlichkeit erklärt, dass sie nicht mit ihnen zu Mittag essen wird, da ein Brötchen und ein Joghurt für ein Zehntel des Preises ihren Hunger bereits gestillt haben. Das ist der Grund, warum sie aufgehört hat, irgendwelche Freundschaften zu pflegen. Es war ihr einfach zu teuer. Und diese ständige Mathematik bereitete ihr Kopfschmerzen. Außerdem pflegte sie auf jede ihrer Bemerkungen, dass es ihnen noch nie so schlecht gegangen sei, zu antworten, dass es ihr nie so gut gehen werde, denn sie würde gerne ihr Dasein gegen ihre Probleme eintauschen, sie würde gerne gestresst sein, zu Meetings hetzen, Anrufe auf ihr Handy umleiten und ihre Nerven im Verkehrschaos verlieren, anstatt ihre Tage in sinnlosen Diskussionen mit Möbelstücken zu verbringen, wobei sie die ersten Symptome einer psychischen Erkrankung zu unterdrücken versucht, die jeden befällt, der niemanden hat, bei dem er sich verspäten kann. Ihre Zeit ist unbegrenzt und billig, doch das konnte sie nicht zugeben.

Sie weiß das jetzt.

Misserfolg stößt Menschen ab.

Misserfolg und kleine Kinder.

Heute wird sie lügen, sie wird sagen, dass es ihr gut geht. Ausgezeichnet sogar. Das wird sie mit ihrem Kleid, mit ihrem Lippenstift und mit ihren Stöckelschuhen beweisen. Denn Modedetails tragen viel mehr zu einem guten Eindruck bei als fremdes Mitgefühl. Außerdem lenken sie die Aufmerksamkeit vom Kreuz auf ihrem Rücken. Sie wird eine Frau darstellen, die ihren Rücken schont und die nichts trägt, was mehr wiegt als Blumen, sie wird die Gastgeber begrüßen, ihr Ostergesteck bewundern, und sie wird unter keinen Umständen zeigen, dass sie eine ganze Ewigkeit gebraucht hat, um in die dritte Etage zu gelangen, da sie vermutlich schon seit einer halben Stunde mit sich selbst spricht. Auch das Kind hat bereits das Interesse an den Schaltern im Treppenhaus verloren. Es gähnt schläfrig an ihrer Schulter und wartet darauf, dass sie sich entscheidet. Wird sie endlich bei den Nachbarn klingeln, oder wird sie wieder eine halbe Etage zurückgehen, um sich noch ein wenig zu sammeln?

Gedulde dich, sagt sie zu ihm.

Mama hat Lampenfieber. Mama hat brennende Magenschmerzen, so als hätte sie eine Premiere.

Mama kennt dieses Unbehagen, diese Angst vor dem Publikum, denn sie ist Schauspielerin, das ist ihr Beruf, sie hat wirklich beabsichtigt, sich nur mit Blumen, ihrem Teint und ihrer Aussprache zu beschäftigen, doch dann ereilte sie eine Reihe nicht geplanter Umstände, von denen sie sich nie erholt hat und die sie ständig rekonstruiert und erneut durchlebt. Und dann sieht sie sich wieder, wie sie vor dem Betreten der Bühne ihren Text wiederholt, der sich wegen der Panik in ihrem Kopf zerstreut hat, wie sie ihre Hände ringt, ihre Blase zusammenkneift und Blablabla zu den Spiegeln, den Schubladen und den Kleiderbügeln in der Theatergarderobe sagt, ohne zu beachten, dass solche Gespräche ihr zur Gewohnheit werden könnten, sie zieht jeden Satz in die Länge, um Zeit zu gewinnen, damit sie sich an den nächsten Satz erinnern kann, den sie, ein Wort nach dem anderen, aus der Kehle zieht, während die Stimme des Inspizienten warnt, dass die Vorstellung bereits im Gange sei, der Zuschauerraum sei schon voll, und er sitzt schon in der zweiten Reihe, in der Mitte, sie sieht ihn nicht, doch er sieht sie, zum ersten Mal, ausgerechnet in jenem Moment, in dem für sie alles schiefgeht, ihre Zunge sich verheddert und ihre Knie schlottern, in dem sie diesen Beruf hasst, in dem sie diese Vorstellung hasst, in dem sie sich selbst hasst und in dem es das Letzte ist, was sie braucht, dass sie jemand ausgerechnet so, wie sie gerade ist, liebt, sie war nie schlechter, aber genau das macht er von Anfang an, er liebt sie, wenn sie am schlechtesten ist, er klatscht mit voller Kraft und kommt später im Gewühl des Foyers auf sie zu, nur er, denn nur er hat das nicht gesehen, was alle anderen gesehen haben, eben dass sie grottenschlecht war, doch sie denkt gar nicht darüber nach, wie gefährlich die Blindheit eines Menschen ist, der schaut, aber nicht sieht, vor dem du zittern, zusammenbrechen, versagen und dabei unbemerkt bleiben kannst, und deshalb akzeptiert sie seine Einladung zu einem Drink, zum ersten und zum fünften, sie hat es nötig, und auch er hat es nötig, denn schon seit Stunden umschifft er ihre Hände und Knie, er bemüht sich, interessant zu wirken, er spricht über Dante und ein Paar unglücklich Liebender, die sich im zweiten Kreis der Hölle abquälen, und sie weiß überhaupt nicht mehr, wie er zu diesem Thema gekommen ist, aber trotzdem nickt sie interessiert, sie vertraut ihm an, dass sie Dante nie gelesen habe, und sagt ihm, dass sie nie erlebt habe, wie jemand so leidenschaftlich derart schreckliche Dinge nacherzählt, und es wird spät, und er spricht immer weniger, er starrt auf ihre verschmierten Lippen und wartet auf ihr Zeichen, und sie weiß, worauf er wartet, und es würde ausreichen, wenn sie ihm ein Lächeln schenken würde, damit sie endlich mit ihren Gesichtern aufeinanderkrachen, sich gegenseitig an den Haaren und an der Kleidung zerren und sich wie besessen aufeinanderstürzen.

Es ist Morgen geworden. Die Reihe jener ungeplanten Umstände setzt sich jedoch auch weiterhin fort, sie presst ihn an sich und kann ihn nicht loslassen, denn die Liebe ist unvernünftig und beharrlich, und man kann sie nicht zu einem Rechteck falten, unter das Kissen schieben und sich bis morgen gedulden, sie hat einfach die Kontrolle verloren, so wie sie ihre Rollen verlieren wird, sie wird Chancen versäumen, die man nicht versäumen sollte, und es wird nicht viel Zeit vergehen, bis sie beginnen wird, ihm vorzuwerfen, dass all das seine Schuld sei, dass sie nicht mehr die Frau von früher sei, dass niemand mehr über ihre glänzende schauspielerische Zukunft sprechen würde, man meide sie vielmehr, als sei sie radioaktiv. Liebe tötet, sobald sich die Gelegenheit dazu ergibt. Und all das seinetwegen, er habe sie mit seiner negativen Energie verstrahlt, er habe ihr den Kopf mit Statistiken, mit deprimierenden Prognosen und paranoiden Szenarien gefüllt, er sei es schließlich, der ihr den geheimen Pakt zwischen Jesus und der Weltordnung erklärt habe, in der es keinen Platz mehr für große Rollen geben würde, er sei derjenige gewesen, der vorhin aus dem starrköpfigen Bedürfnis heraus, um jeden Preis recht zu behalten, ohne Jacke auf den eisigen Parkplatz gegangen sei, um den Müll mit bloßen Händen zurück in die Tonnen zu stopfen. Nur um ihr zu beweisen, dass es immer noch schlechter werden kann.

Man würde es kaum glauben, aber es kann.

Und wie oft hat sie ihm schon gesagt, dass all das die Folge seines beschissenen Charakters sei, wie oft hat sie ihm schon gedroht, dass es so nicht weitergehen könne, wie oft hat sie ihn beschuldigt, dass er nur liege, liege und liege, auf jener Couch dort, als wäre er Staub, wie oft hat sie sich dabei erwischt, irgendwelche Phrasen auszusprechen, die sie am liebsten heruntergeschluckt hätte, und zwar ohne jedes Ergebnis, nur dass er noch tiefer in der Couch versank, ohne dabei auf ihre ironische Frage, wann er endlich sterben würde, zu reagieren.

Vielleicht sollte sie ihm doch nicht solche Dinge sagen?

Vielleicht ist er doch nicht an allem schuld?

Schuld sind dieser beschissene Staat und Jesus.

Sie waren es, die sie von Anfang an verarscht haben.

Das darf sie nicht laut sagen, nicht vor dem Nachbarn und den anderen. Ein derartiges Vokabular passt nicht zu ihrer Rolle und zu ihrer Frisur. Es passt auch nicht zu der Situation, denn aus der Wohnung des Nachbarn dringt ein Lied, ähnlich jenem, das die Nonnen sangen, als sie Schnee schippten. Es verstummt, als sie klingelt. In der Wohnung sitzen Menschen mit disziplinierter Güte auf den Gesichtern und tauchen Plätzchen in ihren Kaffee. Stolz stellt der Nachbar sie vor, Frau Nachbarin ist Schauspielerin, sagt er, zusammen mit ihrem Ehemann ist sie vor einem Jahr in unser Haus gezogen, doch damals hatte sie noch kein Kind, nur den Bauch, der sie noch schöner machte. Sie gratulieren ihr, und sie versucht, das Thema zu wechseln, da sie sicher ist, dass der Nachbar übertrieben hat. Sie kommentiert sein Werk, das einen fauligen Waldduft verströmt. In der Mitte des Zimmers erhebt sich ein Baumstumpf aus einem riesigen Moosteppich, der Golgota darstellen soll, mit drei aus Stäbchen gebastelten Kreuzen, Tannenzapfen und Zypressenzweigen, die vermutlich Palmen sein sollen. Daneben glitzert ein Ställchen, bedeckt mit Blättern und milchigen Lämpchen, und zwischen Eseln, Kühen und Schafen schlängelt sich eine Prozession aus Brotfiguren zu einem blau gefärbten Ei, das in einen Kranz aus getrockneten Mimosen eingebettet ist. Der Nachbar sagt ihr, dass das Ei das Grab Jesu darstelle, und sie erklärt es dem Kind. Das ist das Grab von Jesus, nicht anfassen! Sie sagt anerkennend, dass alles ganz echt aussehe, sogar die Häschen, die hinter den Tannenzapfen hervorspähen. Sie bemüht sich, sympathisch zu wirken. Das Kind macht mit. Es kriecht brav um die Installation herum und nimmt sich zurück, indem es nichts in den Mund stopft. Die guten Menschen beobachten sie mit Interesse. Schauspielerin also? Wie schön. Und wo spiele sie denn? In welchem Theater? In welcher Vorstellung?

Ihre Stimme komme ihnen irgendwie bekannt vor. Sie hätten ein Abo, sie würden den Spielplan kennen, und am liebsten sähen sie Stücke mit Kostümen. Wer die Geschichte nicht schätzt, der schätzt sich selbst auch nicht, nicht wahr? Und wer kein Interesse an Dramen hat, der hat auch kein Interesse an seinen Nächsten, ist es nicht so? Sie starrt weiter auf die Installation. Die Häschen hatten Dobermannschnauzen. Genauso wie eigentlich auch die guten Menschen.

Dann gehen sie zum wir über und bellen einträchtig los.

Wir sollten unsere Theater verteidigen und nicht unsere Fabriken, denn der Mensch wird ohne Arbeit noch irgendwie zurechtkommen, aber nicht ohne Geist und Tradition. Arbeit gibt es für jeden, der arbeiten will, aber für Geist und Tradition sollten wir uns aufopfern, damit wir nicht vergessen, wer wir sind und wofür wir mit Gottes Hilfe gekämpft haben, für unsere Geschichte und nicht für Brot, nicht wahr? Für Städte, für Gräber und für Grenzen, die uns seit jeher zu dem machen, was wir sind, und nicht für irgendwelches Ungeziefer, das diesem Land nichts gegeben und niemanden in dieser Erde begraben hat. Von überall her sind sie gekommen, sogar aus China, sie haben keine Kultur, sie kennen keine Erziehung, keine Bildung, sie schätzen keine Werte, bellen sie und reihen einen Scheißdreck an den anderen. Das Kind zertrampelt heimlich die Mimosen, die um das Ei Jesu liegen, späht in ihre Richtung und erwartet eine Verwarnung. Aber sie schweigt.

Und was mache ihr Mann? Vermutlich auch ein Künstler?

Ihr Mann?

Er sammelt Müll auf dem Parkplatz.

Es rutscht ihr das heraus, was ihr in diesem Moment durch den Kopf geht. Es schießt heraus mit der Geschwindigkeit eines geschleuderten Steins. Es zerschlägt die Deckenlampe und knallt gegen das Regal. Die Wirkung ist wirklich sehr ähnlich. Sie schlürft inmitten dieser unangenehmen Stille ein wenig Kaffee. Der Nachbar lacht dümmlich, und alle denken, dass sie einen Scherz gemacht hat. Und dann schnappt sich das Kind das Ei und lässt es über die Heiligen und die Haustiere rollen, und sie tut nichts, um es zu stoppen, sondern verspürt den Drang, einen ähnlichen Schaden anzurichten, und fährt fort, einen Stein nach dem anderen zu schleudern, bis sie jede der gestellten Fragen detailliert beantwortet hat, angefangen damit, dass ihr Mann nicht arbeite, da seine sogenannte Bildung ihm nicht erlaube, irgendetwas zu tun, er sei einfach nicht qualifiziert dazu, das Arbeitsamt sei voll von solchen hochgebildeten und gut erzogenen Menschen, die scheinbar nicht arbeiten wollen, obwohl sie ihr halbes Leben investiert haben, um Dante im Original auswendig zu lernen, in der Überzeugung, dass auch das als Arbeit betrachtet würde, für die man bezahlt werden müsse, überzeugt sogar davon, dass sie von unschätzbarem Nutzen für den oben erwähnten Kampf seien, denn sie könnten jeden nach seinem Verdienst zuordnen, Hornissen und Wespen auf die Einen jagen, die Zweiten in siedendes Harz tauchen, die Dritten mit Eidechsenschwänzen auspeitschen, die Vierten mit Kot überschütten, die Fünften in Eis einfassen, ausgerechnet sie, ausgerechnet ihr Mann, dem von Dante nur noch die Verachtung für die Menschen geblieben sei, vor allem für jene, die voller Geist und Tradition seien, jene, die sich dafür aufopferten, jene, die ihn als zuständig für Geist und Tradition betrachteten, und vor allem jene, die ihm ähnlich seien, die diese Zuständigkeit weiterhin widerspruchslos akzeptierten und die all ihre Bücher verkauft und eine billige Couch angeschafft hätten, auf der sie in Depressionen verfallen können, ohne sich weiter dafür zu interessieren, was jemand in seiner Seele trage, sie interessiere nur noch, was er in seinem Kühlschrank habe, denn die Seelen könnten lügen, aber der Kühlschrank, die Schuhe und das Auto niemals, so sage ihr Mann, und sie sei einverstanden, denn auch sie sei gefallen als Opfer dieses Scheißkampfes, aber sie sei nicht liegen geblieben, sondern sie habe das Erstbeste akzeptiert, was ihr angeboten worden sei, sodass sie seitdem Werbung für eine Lebensmittelkette mache, sie deklamiere idiotische Liedchen über Waschpulver, Schokolade und geräucherte Würste, deshalb komme ihnen ihre Stimme bekannt vor, dort hätten sie sie gehört, aber sie hätten versäumt, das Pathos ihrer Interpretation nachzuempfinden, es sei ihnen nicht in den Sinn gekommen, dass man derartige Verse nur aus Verzweiflung deklamieren könne, hundertprozentig sei es ihnen nicht in den Sinn gekommen, die Dramen seien ihnen genauso scheißegal wie ihr Nächster, sie hörten ihr zu, wie sie über Preissenkungen in der Fleischabteilung zwitschere, und sie konsumierten, konsumierten, konsumierten …

Sie applaudieren ihr nicht, als sie fertig ist.

Sie lässt einen Stein aus ihrer Hand gleiten, schnappt sich das Kind, wischt ihm Moos vom Knie und trägt es nach Hause. In seiner Faust hält es das blaue, etwas angeschlagene Ei. Damit schläft es ein. Auch er liegt schon auf der Couch, wie angenäht.

Sie löst ihn vorsichtig vom Bezug und schleppt ihn ins Bett. Sie legt den halb Schlafenden nieder, zieht ihm die Hose aus, küsst seine Wange und legt sich neben ihn. Er öffnet die Augen im Halbdunkel und sieht, wie sie ihn anlächelt. Du stinkst, flüstert sie ihm zu, aber zärtlich, als wünsche sie ihm eine gute Nacht.

4.

VOR TAUSEND ODER NOCH MEHR JAHREN besoffen sie sich wie die letzten Ärsche. Sie saßen an einem Strand, der mit Zigarettenstummeln gespickt war. Sie fummelten aneinander herum und warteten darauf, dass die Touristen endlich ihre Handtücher einsammelten und in den Hotels verschwanden, dass die Sonne über dem Horizont abstürzte, die Küste in violetten Nebel tauchte, die Luft sich mit Zypressenduft füllte und dass sie dann einen kräftigen Schluck aus der Flasche nehmen, sich ausziehen, zuerst ins Wasser und dann aufeinander werfen würden, mehrfach, ohne zu verhüten, und dass das Leben dann einen ganz anderen Verlauf nehmen würde. Er breitete sein Hemd auf den Kieselsteinen aus und legte sich darauf, und sie presste ihren Hintern auf seinen Schoß, schob die Lippen bis an sein Ohr und flüsterte ihm zu, er möge aufpassen, denn genauso würden Kinder gemacht. Mitten im August, zwischen den Felsen, unter einer krummen Zypresse, auf einem Herrenhemd, das in ein Bett verwandelt ist, während die künftigen Eltern noch schwindelig von der Sonne sind, während das Salzwasser in ihrem Mittelohr blubbert, und während der Alkohol sie noch dümmer macht, als sie sowieso sind, weshalb sie glauben, dass sie nichts überraschen kann, nicht einmal die Touristen auf ihren späten Spaziergängen am Meer. Er erinnerte sich genau, dass sie ihn gebeten hatte aufzupassen, leise und so zärtlich, wie sie nur konnte, da sie die Atmosphäre nicht verderben wollte. Und er ließ ein leises Psssst vernehmen, als Zeichen dafür, dass er alles unter Kontrolle habe, woraufhin er die Augen schloss und sich dem Gefühl des Schwindels hingab, in der festen Überzeugung, dass es keinen Grund zur Sorge gebe, denn in diesem Moment musste alles einfach perfekt bleiben. Er erinnerte sich auch, dass er sich blamiert hatte wie der letzte Dummkopf, er war beinahe sofort gekommen. Er konnte es nicht verhindern.

Er versuchte es ihr zu erklären, es hatte ihn überrascht.

Er hatte es nicht erwartet. Es hatte ihn einfach überkommen.

Der verfluchte Alkohol.

Er wollte sich entschuldigen, aber sie winkte nur ab, sprang auf und ging zum Meer. Sie wusch ihren Unterleib im flachen Wasser und beobachtete ihn verstohlen, wie er nackt, sprachlos und mit aufgeschürften Knien dümmlich dreinschaute und etwas in seinem Schritt betastete, als wolle er das Unbegreifliche begreifen, und dann kam sie zurück und setzte sich neben ihn, zündete sich eine Zigarette an und sagte etwas, was ihm einen Schreck einjagte: Es kommt, wie es kommt. Knapper, präziser ging es nicht, und er spürte eisige Kälte um sein Herz und sein Rückgrat, der Wurm zwischen seinen Beinen duckte sich weg, die Temperatur war plötzlich abgestürzt, es begann zu schneien, und der Sommer ging mit diesem einen einzigen Satz zu Ende. Doch er blieb ruhig, er widerstand dem Drang zu flüchten oder den Wurm zu verhüllen, das war eine Frage der Ehre, er legte seinen Arm um ihre Schulter, drückte sie fest an sich und wiederholte dieselben Worte: Es kommt, wie es kommt, doch er sagte sie heiter, voller Hoffnung, er wiederholte sie so oft, bis sie in seinem Mund heiß wurden, und dann setzte er sie wie glühende Ziegelsteine zu einem Haus zusammen, er sagte, dass es ihr Haus sei, das er mit seinen eigenen Händen bauen und mit seinem eigenen Atem heizen würde, und obwohl es nicht überzeugend klang, war er vollkommen sicher, dass es warm und fest sein und dass es auch noch stehen würde, wenn sie wieder nüchtern wären. Er verzapfte viel Unsinn und hoffte, dass sie sich das alles nicht merken konnte, er versprach ihr Dinge, ohne zu wissen, wie er sie erfüllen sollte, und behauptete, dass er ihr alles geben würde, was er besitze, das hieße, das wenige, das er habe, oder noch genauer, all das, was sie in den nächsten paar Tagen ausgeben würden. Danach öffnete er die zweite Flasche Wein. Zur Feier des Tages.

Vor tausend Jahren.

Vielleicht ist es sogar länger her.

Es hat wirklich einen Sommer gegeben und irgendwelche Ersparnisse, irgendwelches Harz in den Zypressen, eine untergehende Sonne, irgendwelche violetten Strände, an denen sie bis zum Umkippen vögelten und wo dem Menschen die Seele aus dem Mund rutschte, da der Blick aufs Meer einen befreite, der Blick auf die nackte Haut, auch der Wein, den er mitgebracht und auf leeren Magen getrunken hatte, befreite ihn, weshalb er Dinge sagte, von denen er behauptete, sie noch nie ausgesprochen zu haben, zum Beispiel dass er vor Liebe sterben könnte, wie in einem großen Roman, aber sofort am Anfang, auf den ersten Seiten, wenn der Ausgang der Geschichte noch überhaupt nicht vorhersehbar sei, während er nach vorne schaute und nichts anderes als Sterne und glitzerndes Plankton sah, sodass es ihm vor den Augen leuchtete, und es kam ihm vor, als gäbe es eine kosmische Beziehung zwischen seinen Erektionen und den Mysterien der Natur, er erzählte, dass er früher noch nie so ruhig gewesen sei und auch nicht so verwirrt, aber auch noch nie so erschrocken von der Erkenntnis, dass in dieser grausamen Welt nur noch das Ficken Sinn ergebe, aber dass er auch das zu spät begriffen habe, er entschuldigte sich für seine Worte, er fragte sie, ob sie an Gott an das Schicksal an Horoskope an Zahlen an die Apokalypse an die Ehe glaube, ob sie an den Verfall der Zivilisation und den globalen Krieg des Kapitals glaube, in dem auch diese seltene, ungewisse Liebe untergehen würde.

Er schon.

Vor allem in betrunkenem Zustand.

Und sie hörte ihm aufmerksam zu und knetete ihren Schlüpfer in den Händen und starrte in dieselbe Richtung wie er, aber viel weiter in die Ferne, jenseits der glitzernden Wasseroberfläche, auf das offene Meer, ins Schwarze, und als er sie fragte, auf was sie denn starre, antwortete sie: auf nichts, und als er sie fragte, woran sie denke, antwortete sie: an nichts, und als er sie fragte, was mit ihr los sei, antwortete sie wieder: nichts, und er war überzeugt, dieses Nichts zu verstehen, diesen Zustand, in dem du an nichts denkst und in dem du nichts brauchst, außer vielleicht einer Zigarette, da du einfach glücklich bist und dich bemühst, diesen Zustand festzuhalten, er glaubte wirklich, dass sie an diesem beschissenen Strand sitze, wunschlos, Auge in Auge mit der Dunkelheit, und dass sie genauso wie er die Ungewissheit genieße und dass sie ebenfalls sterben könne, genau jetzt, während alles noch an seinem Platz ist, unbeschädigt, solange sie noch nicht begonnen haben, sich gegenseitig zu verachten, aufgrund unerfüllter Versprechungen, Schwächen, Faulheiten, Egoismen, dummer Kleinigkeiten, verfluchter Mieten, solange sie noch glauben, dass die Liebe jemanden retten, nähren könne, dass die Liebe das Zerschlagene verbinde, dass die Liebe stillschweigend Antworten auf die schwierigsten Fragen biete und dass sie Gott sei Dank kostenlos sei. Und deshalb spürte er Hoffnung, er warf sich nicht vom Felsen, er wurde nicht schwach angesichts der verführerischen Tragödie des großen Liebesromans, sondern er wiederholte:

Es kommt, wie es kommt, das heißt, dass alles in Ordnung sein werde, alles wird in Ordnung sein, alles wird in Ordnung sein, wirklich alles, und das war eine weitere Kleinigkeit, die die Liebe imstande war zu tun, nämlich zu lügen, sobald sie den Mund aufmacht. Er erinnert sich nicht daran, wie sie es ins Bett schafften. Er war betrunken. Er träumte, dass er Fahrrad fährt, mitten im Winter. Sie saß auf dem Lenker, hielt sich an den Griffen fest und wiederholte unablässig, er möge aufpassen, er möge aufpassen, er möge aufpassen, denn die Straße sei vereist, die Autos führen sehr schnell, und niemand achte auf die Fahrräder. Wir werden verunglücken!!! Sie schrie mit voller Kraft, dass die Autos, die ihnen entgegenkamen, sie überfahren würden, und er sah tatsächlich zwei Scheinwerfer, die sich durch die dicht fallenden Schneeflocken hindurchkämpften, deshalb lenkte er abrupt auf eine Werbetafel auf der linken Straßenseite zu, durchbrach sie, wobei er weiterhin in die Pedale trat. Er hörte seine Knie knirschen und seine Zähne klappern, und er hörte sie, die wieder schrie: Vorsicht, Vorsicht, denn es kamen neue Autos auf sie zu, blind vom dichten Schneefall, sodass er nach rechts lenkte und eine Betonwand durchbrach, und so lenkte er weiter nach links und nach rechts, durchbrach Schilder, Zäune und Wände, und just in dem Augenblick, in dem es ihm so vorkam, als gäbe es keinen Grund zur Sorge mehr, da die Welt aus Gelatine und Luft bestand, schlugen sie mit ihren Köpfen gegen Ziegelsteine.

Er wachte mit Kopfschmerzen auf, genau an der Stelle, an der er gerade vor die Wand gefahren war, und sie lag auf dem Rücken, als sei sie verletzt, murmelte: Nie wieder, und verbarg mit den Händen die Spuren des Katers auf ihrem Gesicht. Sie sprach ihn nicht an. Sie hielt ihre Augen geschlossen und versuchte, sich auf die biochemischen Prozesse in ihren Eierstöcken zu konzentrieren. Er versuchte, der Situation humorvoll zu begegnen. Er nahm ein Kissen und stopfte es ihr unter das Nachthemd, legte sein Ohr darauf und tat so, als würde er lauschen, ob sich etwas bewege, er kitzelte und streichelte das Kissen und begann dann wie ein Irrer zu hecheln und es herauszuziehen, um es schließlich in die Höhe zu halten und wie ein Neugeborenes zu schreien. Sie fand das nicht lustig. Sie trat ihm mit dem Fuß in den Bauch, drehte sich auf die andere Seite und krümmte sich, als müsste sie sich übergeben.

Ein paar Wochen später erbrach sie sich tatsächlich zum ersten Mal. Ein paar Monate später bewegte sich tatsächlich etwas in ihr. Es schneite. Sie kaufte von der Sozialhilfe für Schwangere einen roten Mantel und begann eine Stunde vor der Morgendämmerung aufzuwachen, eingetaucht in das Schwarz, das einst viele Kilometer entfernt schien. Und wenn er sie später fragte, was sie denn quäle und woran sie denke, antwortete sie: nichts, so wie immer.

Sie log.

Jeden Morgen öffnet sie in der Dunkelheit die Augen und wartet darauf, dass es im Zimmer heller wird. Sie hört die Glocken, erblickt die Silhouette des Kindes hinter dem Gitter des Bettchens, den Stoffhasen und die dreckige Wäsche, die über den Boden verstreut liegt, sie verzieht ihr Gesicht zu einer Kopfschmerzgrimasse und wirft einen Blick auf die Uhr, immer zur selben Zeit, und dann dreht sie sich zu ihm und versucht, sich ein anderes Leben vorzustellen, sie kramt in den Kapiteln und sucht nach dem Punkt, an dem sie sich noch hätte zurückziehen, den Satz unbeendet lassen oder ihn in eine andere Geschichte hätte lenken können, mithilfe einer unsicheren Konjunktion, zum Beispiel mit einem aber, einem oder, einem doch, und so denkt sie an jenen Sommer vor tausend und mehr Jahren, an die Details erinnert sie sich wie durch einen Nebel, aber an den Blödsinn erinnert sie sich sehr gut, etwa an seine Aussage, dass nur das Ficken sie retten könne, doch das ist der Fehler in ihrem Gehirn, auf den er sie immer wieder aufmerksam macht, dass sie sich nur die dümmsten Sätze merkt, nur die schlimmsten Kritiken, nur die schlechtesten Vorstellungen, vor allem die eigenen, dass sie die Worte so lange verdreht, bis sie ihren brutalsten Sinn herausgefunden hat, weshalb sie jemanden braucht, der ihr alles aufs Neue erklärt und ihr sagt, dass nicht alles so schwarz sei, wie es ihr jetzt vor der Morgendämmerung erscheint, jemanden, der sich mit der Reparatur von selbstzerstörerischen Maschinen auskennt, mit der Maschine in ihrem Kopf, doch dieser Jemand ist gewiss nicht er, was er ihr, seien wir aufrichtig, mehrere Male in aller Ehrlichkeit gesagt hat, nicht zuletzt ausgerechnet mit diesem dämlichen Spruch über das Ficken, der verrät, dass er sowieso nichts anderes tun kann, als auf ihren Bauch zu spritzen, mehr oder weniger rechtzeitig, da das seine einzige Art ist, gegen die Welt zu kämpfen, gegen die Wirtschaftskrise, gegen die Warteliste beim Arbeitsamt, gegen die erniedrigende Banknote, die sie für ihn auf dem Küchentisch liegen lässt und die er nicht sofort nimmt, sondern erst etwas später, wenn er wieder seine Boxershorts anzieht, mit dem Gefühl, doch etwas Nützliches getan zu haben, doch selbst das fällt ihm immer schwerer, dieses Ficken um der

Ehre willen oder eines Taschengeldes wegen, das er erledigt, ohne sein T-Shirt und seine Socken auszuziehen, als würde er frieren, und als müsste er seinen Wurm aufwärmen, da er vor Kälte blau angelaufen ist, und dann nähert er sich ihr von hinten, mit einer leisen Entschuldigung, als würde er um einen Gefallen bitten, den sie leicht abschlagen könnte, da er fälschlicherweise annimmt, dass sie lieber in ihrer eigenen Haut allein und unberührt liegen bleiben würde, was sie wiederum weinen lässt, all das ist schwer zu erklären, vielleicht ist es ein weiterer Fehler ihres Gehirns, der sie verleitet, seine Rücksicht als beleidigend zu empfinden, und dann ahmt sie dieselben beleidigenden Manieren nach, indem sie nur unmerklich ihren Schlüpfer nach unten zieht und ihm sagt, er möge aufpassen, dieses schon historische Pass auf, das eine ganze Skala vorwurfsvoller Untertöne mitklingen lässt, woraufhin er sich enorm anstrengen muss, um nicht aufzugeben, um nicht einfach in die Küche zu gehen und sich dort auf die letzte Zeitungsseite zu entleeren, auf der eine heißblütige Frau ohne jede Vorsicht ihren Hintern anbietet, und es ist klar, dass sie nicht länger so voller Missverständnisse vögeln können, auf der Seite liegend, während er ihren undurchsichtigen Hinterkopf anstarrt und versucht zu erraten, woran sie denkt, während sie angeblich nichts denkt und sie ihrerseits nach vorne schaut, durch ihre Tränen, auf die schmutzige Wäsche, auf den Stoffhasen, auf das Kind, das in seinem Bettchen schläft, obwohl es ihr einen großen Gefallen täte, wenn es nun aufwachen würde.

Das also bedeutet, in ihrem Kopf zu sein, eine Stunde vor der Dämmerung, und darauf zu warten, dass er sich bewegt und vielleicht an ihre Tür klopft und sie höflich bittet, eintreten zu dürfen, das bedeutet, ihn zu hassen, wegen seines ruhigen Schlafes, durch den er alle Grausamkeiten verpasst, die jemand sich selbst durch Schlaflosigkeit antun kann, das bedeutet, sich nicht der Tatsache bewusst zu sein, dass er wieder von Unfällen träumt und durch Schneestürme und Wände fährt, um sie zumindest in seinem Traum zu retten, das bedeutet, in einem Irrtum zu leben, auf falsche Voraussetzungen zu bauen, sich grundlos zu zerfleischen, sich selbst vom frühesten Morgen an zu quälen und das Lächeln zu verpassen, mit dem er dich begrüßte, als er dich in heilem Zustand neben sich erblickte, ohne eine einzige Schramme, und als ihm der Gedanke kam, dass du immer noch schön bist, vor allem in diesem Moment, bevor du irgendetwas sagtest.

5.

DIE BESETZUNG BEGANN GENAU UM ZWÖLF UHR MITTAGS im Zentrum der Stadt, und er verspürte den Drang, dabei zu sein, er dachte lange darüber nach, während er die Kolonne schlecht gekleideter Männer betrachtete, die die Hauptstraße entlangmarschierten, pfiffen und riefen: Bürger, schließt euch dem friedlichen Protest der entlassenen Arbeiter aus der und der Fabrik an; einige schlossen sich an, einige applaudierten, und er war neben zwei oder drei Polizeibeamten am Ende der Kolonne so lange mitgelaufen, bis sich die Menge zwischen den Straßenbahnen und Autos oder anderen genauso schlecht gekleideten Menschen aufzulösen begann, oder bis der Regen sie einfach auseinandertrieb. Er hatte Zeit. Er wurde am Ende so mancher Kolonne nass, aus der ersten, der zweiten und der zehnten Fabrik, er besuchte auch den Park, in dem die hungerstreikenden Frauen aus der elften Fabrik in Zelten hausten, sie lagen ausgestreckt auf Decken, sie strickten und spielten Karten, Kinder mit Schultaschen besuchten sie, einmal kam auch der Übertragungswagen des Staatsfernsehens, einmal und nie wieder, er wurde vom Notarztwagen abgelöst, einige landeten auf der Intensivstation, andere gingen zurück nach Hause, duschten und aßen sich satt, vielleicht fanden sie sich zurecht, vielleicht auch nicht, wer würde sich schon um all diese Armen kümmern, dachte er arglos, einfach bemüht, der Wahrheit ins Gesicht zu schauen, auch sich selbst in diesem Spiegel anzusehen, denn auch er war unzählige Male ohne Arbeit durch die Stadt geirrt, ohne ein einziges Geldstück in der Tasche, so wie er auch unzählige Male in den Hungerstreik getreten war, auf der eigenen Couch im Wohnzimmer, ohne die Kraft, mit dem Kind zu spielen, das auf dem Parkettboden herumkroch, doch sie sah darin weder eine Revolte noch einen Streik, und sie zeigte auch kein Mitgefühl, ganz im Gegenteil, sie warf ihm vor, dass er krepiere, dass er auf ihre Kosten lebe und keinen Beitrag leiste, aber sie verstand nicht, dass das Ziel der Proteste nicht darin bestand,

Beitrag zu leisten, sondern die Kontinuität zu wahren, denn wenn Tausende Menschen sich auf die Straße setzen und den Verkehr zum Erliegen bringen, um gegen die Politiker zu protestieren, gegen die Richter, gegen die Banker oder gegen die Korruptionsmafia, die schließlich sie alle in ihrem Griff hat, und wenn sie Transparente entrollen, auf denen GENUG geschrieben steht, dann wissen sie, dass es nicht genug sein wird, genauso wie diejenigen, an die es sich richtet, es wissen, sodass sich dieselbe Situation wiederholt und wiederholt und wiederholt wie im Theater, aber er hat aufgegeben, ihr zu erklären, wie schwierig es sei, diese sinnlose Mission auf sich zu nehmen, sich hinzusetzen oder hinzulegen und auszuharren, er hat sich einfach dazu entschlossen, dort zu sein, wo man ihn versteht, das zu tun, was man tun kann, jetzt, da man nichts mehr tun kann, um zwölf Uhr mittags, und so nahm er die leere Packung der Babynahrung, faltete sie zu einem Viereck auseinander und schrieb mit einem Kugelschreiber DIEBE auf die Innenseite.

Er zog die Buchstaben einige Male nach und fügte ein Ausrufezeichen hinzu, er tat all das heimlich, er schob sich die Pappe unter die Jacke und sagte ihr, dass er gehen müsse, dass er zu tun habe, er hatte sie am Rande eines Nervenzusammenbruchs erwischt, in dem Augenblick, in dem sie die angebrannte Milch vom Boden eines Topfes schrubbte und das vollgepisste Kind versuchte, an ihrem Bein hochzuklettern, und sie bat das Kind, sich zu gedulden, sich nur noch eine Sekunde zu gedulden, wobei sie sich nur mit äußerster Anstrengung zurückhalten konnte zu schreien oder etwas zu zerschlagen, denn das Kind war wütend und schlug ihr mit seinen kleinen Fäusten auf die Oberschenkel und verlangte nach dem Recht, das jedes Kind für sich einfordern darf, nämlich das Recht, keine Geduld zu haben, genauso wie er das Recht einforderte, das jeder Mann für sich einfordert, nämlich das Recht, sich mit höheren Zielen zu beschäftigen und nicht mit schmutzigem Geschirr und Pisse. Ohne weitere Erklärungen. Ich bleibe nicht lange, sagte er zu ihr und rannte zur Tür hinaus. Der Nachbar ging an ihm vorbei, als würde er ihn nicht sehen. Vielleicht war es unbeabsichtigt.

Er stand also um zwölf Uhr mittags in einer Gruppe von ein paar Hundert Menschen und hörte die Forderungen, die an den Stadtrat gerichtet wurden. Ein junger Mann mit Megafon wandte sich an die Versammelten und erklärte die Gründe für den Protest. Er erinnerte sie daran, dass sich vor kurzer Zeit auf diesem Platz, auf dem sie standen, noch ein historisches Gebäude befunden habe, mit dem die Machthaber nichts anzufangen gewusst hätten, sodass sie es in dem undurchsichtigen Prozess des Ausverkaufes städtischer Immobilien einem privaten Investor überlassen hätten, der Bagger habe kommen lassen, die Geschichte dem Erdboden gleichgemacht und an dieser Stelle ein Shoppingzentrum aus reflektierendem Glas errichtet habe. Doch als sich gezeigt habe, dass die gerade eröffneten Geschäfte kaum Zulauf hatten, habe er sich entschlossen, die Verbraucher durch den Bau eines öffentlichen Parkhauses anzulocken, da so der Zugang zum Einkaufszentrum erleichtert werden würde. Als idealer Platz für die neue private Investition habe sich die Fußgängerzone angeboten, die das gläserne Denkmal der Korruption umgebe. Der junge Mann mit dem Megafon wählte seine Worte mit Bedacht. Nach einer Reihe von Korruptionsaffären und unvollendeter kommunaler Projekte, in denen Millionen aus dem öffentlichen Haushalt in die Taschen von Cousins und Onkeln geflossen waren, hatte der Stadtrat erneut das Gesetz umgangen, die Bürger aus dem Entscheidungsprozess ausgeschlossen und einem Privatmann erlaubt, zum Zwecke der skrupellosen Bereicherung etwas an sich zu reißen, was allen gehört. Den Bürgersteig.

Er hob seine Pappe in die Höhe.

Diebe!

Der junge Mann rief alle auf, in einer gemeinsamen Geste des zivilen Ungehorsams Widerstand gegen diesen Raubbau an der Stadt zum Ausdruck zu bringen. Er rief sie dazu auf, den Metallzaun zu umzingeln, der die mitten in der Fußgängerzone klaffende Baugrube umgab, und diesen durch Schläge zum Umstürzen zu bringen. Die Masse begann sich umzugruppieren, und er landete vor blauen Metallplatten, die von der Innenseite durch Streben gestützt wurden. In der Spalte zwischen zwei Platten erblickte er das besorgte Gesicht eines Wachmannes. Er legte seine Hand auf die eiskalte Platte und wartete darauf, dass die Anderen beginnen würden. Der Zaun begann zu vibrieren. Einmal, zweimal, dann schloss er sich an. Ein gemeinsamer Rhythmus von Schlägen stellte sich ein, der den Zaun in regelmäßigen Intervallen zum Schwanken brachte, während die Verbindungen zwischen den Metallstreben aufgrund der Vibrationen zu scheppern begannen. Es hörte sich an wie eine Symphonie. Der Wachmann versuchte von der anderen Seite seiner Platte mit aller Kraft, den Zaun zu stabilisieren, indem er ihn mit der Schulter abstützte. Sein Gesicht war kaum fünfzehn Zentimeter entfernt, rot vor Anstrengung und so nah an dem Spalt, dass der metallene Rand sich in seine Wange drückte. Immer wenn er auf den Zaun einschlug, gab er dem Wachmann eine Backpfeife, und die Streben begannen zu zittern. Er wollte das nicht, seine Hand tat ihm weh, und er hoffte wirklich, dass der Andere es nicht persönlich nahm, denn er schlug ihn in einem gemeinsamen Interesse als friedfertiger und anständiger Mensch, dem Gewalt zuwider ist, der nie seine Frau, sein Kind oder seinen Nachbarn schlagen würde, trotz seiner leeren Drohungen, dass er es einmal tun würde; mit der Frau anfangen und sie an die Wand knallen in dem Moment, in dem sie zum zehnten Mal denselben Satz ausruft, und dann zum Bettchen gehen und das Kind durchschütteln, das hysterisch kreischt, obwohl es weder hungrig noch vollgepisst noch durchgefroren ist, und dann die Tür öffnen und den Nachbarn, der davorsteht, um sich wegen des Lärms zu beschweren, mit einem professionellen Aufwärtshaken niederstrecken und ihn zurück in sein Wohnzimmer in der dritten Etage katapultieren, es stimmte schon, er hatte damit gedroht, dass er das einmal tun würde, aber er hatte es nie getan, und zwar einfach weil er imstande war, die Grenze zwischen Wort und Tat zu ziehen, genauso wie er jetzt imstande ist, die symbolische Geste, die an die Einen gerichtet ist, von der konkreten Backpfeife, die die Anderen abbekommen, zu trennen, wobei er damit rechnet, dass allen klar ist, dass es eine metaphorische Abkürzung zwischen der Baustelle auf diesem Platz und den Dieben auf seiner Pappe gibt, und deshalb kann nicht er dafür verantwortlich sein, dass sich in dem rhetorischen Kuddelmuddel dieser komplexen Situation eine unschuldige Wange an einem kriminellen Ort eingefunden hat. Er ist imstande, diese Nuancen auseinanderzuhalten, doch er ist sich nicht sicher, ob die Wachmänner sie auch verstehen, denn es kann sein, dass sie überhaupt nicht diese Baustelle verteidigen, sondern nur ihre blutige und schlecht bezahlte Arbeit. Er nimmt an, dass es auch im Krieg so war, jenem Krieg vor zwanzig Jahren, als sich einige reale Menschen in der Haut einiger symbolischer Uniformen wiederfanden und sich ein symbolisches Land auf dem Grundstück eines realen Hofes, der irgendjemandem gehörte, wiederfand und es dann zu einem Durcheinander kam, bei dem man nicht mehr wusste, wo die Wirklichkeit beginnt und wo die Rhetorik endet noch wo der Angriff beginnt und wo die Selbstverteidigung endet. Er kann sich genau an die Nachrichten der ausländischen Fernsehanstalten erinnern, in denen die Kommentatoren zu begreifen versuchten, was denn eigentlich in diesem Krieg vor sich ging, wer war mit wem und wer gegen wen und warum, doch sie konnten nichts Kluges herausfinden, außer dass es sich um einen Stammeskonflikt handelte, bei dem Barrikaden errichtet wurden und sich die Menschen im Nahkampf abschlachteten, und zwar wegen irgendwelcher Straßen, Brücken und Wiesen, womit sie natürlich den metaphorischen Charakter des Problems verfehlten, dass nämlich sowohl die Menschen wie auch das Land ein Kollateralschaden inkompatibler rhetorischer Konstruktionen waren, dass sie wie Stiere durch Symbole gebrandmarkt wurden, sodass sie beim Aufeinanderschießen auf die Brandzeichen und nicht auf die Köpfe zielten. Und da die Expertenkommentare sich nicht mit Symbolen, sondern mit strategischen Zügen beschäftigten, konnte niemand rechtzeitig vor den Folgen warnen und vermuten, dass das Erreichen der symbolischen Ziele ebenso symbolische Siege mit sich bringen würde, sodass jeder Kampf um eine Straße, eine Brücke oder eine Wiese tief in seinem Wesen sinnlos werden würde, denn die potenziellen Sieger würden nichts gewinnen außer nominelle Rechte und spektakuläre Zeremonien am Tag der Staatsgründung, was aber erst später klar werden würde, und zwar an den Beispielen der Fußgängerzonen und Tiefgaragen, dass nämlich der

Kampf nur ein rhetorischer gewesen war, dass er sich an der Oberfläche abgespielt hatte, auf der Haut, in der Sprache, während der wahre Zugriff auf die Grundstücke unter ruhigeren Bedingungen ausgehandelt wurde, bei geheimen Treffen, bei denen man bei einem Glas alten Whiskeys Kaufverträge unterschrieb, Schmiergelder verteilte und Bares abzählte – all das in einem grandiosen Triumph der Zahlen über Blut und Worte.

Der Zaun fiel.

Ein siegreiches Hurra durchwellte die Protestierenden. Es ertönten Trillerpfeifen und Klappern, jemand spielte die Internationale auf seinem Handy ab, und einige Mädchen stiegen auf die umgestürzten Platten und begannen, fröhlich darauf herumzuhüpfen. Der Zaun lag auf dem Rücken. Die Mädchen sprangen auf seinem Bauch herum, und in der Mitte, versammelt um das schlammige Loch in der Erde, standen die Verdammten dieser Erde, die Wachmänner. Der, dem er bis eben Backpfeifen gegeben hatte, schaute ihm in die Augen. Er hätte sein Vater sein können. Er hatte diesen vertrauten Ausdruck der Verwunderung, der sich in die Gesichter der Väter seiner Generation eingeprägt hatte, der Kriegsveteranen und Invaliden, die sich plötzlich auf der falschen Seite wiederfanden, obwohl sie nur das getan hatten, was ihnen befohlen worden war, und die sich deshalb nicht erklären konnten, wie es zu dieser unglücklichen Inversion gekommen war, wie es möglich gewesen war, dass sie nur ihre Pflicht getan hatten, anständig ihre Arbeit verrichteten und doch nur Skelette und Schulden zurückließen. Er ahnte, dass der Mann eine ähnliche Geschichte haben könnte, posttraumatische Belastungsstörung und Granatsplitter im Hintern, dass er vielleicht eine Frau hatte, die ihn nicht zu trösten vermochte, da sie von den Schocks, den Sorgen und der Ungewissheit stumm geworden war und ihm durch ihr Schweigen Schuldgefühle machte, und obwohl sie immer gedacht hatte, dass sie fortgehen würde, hatte sie es nie getan, sondern hatte ihm ein Kind geboren und sich in ein Biest verwandelt, dafür aber war das Kind weggegangen, sobald es konnte, Hals über Kopf, es schrieb sich sogar an der Uni ein, um nicht zu enden wie er, der immer noch darauf wartete, dass es sich bei ihm meldete und ihn fragte, ob er noch lebe und ob alles in Ordnung sei, obwohl er wusste, dass das Kind keine Antwort hören wollte und dass es nicht anrufen würde, denn es hatte die Schnauze voll vom Vater und seiner Anständigkeit, weil es nicht mehr hören konnte, wie ihm der Vater erklärte, dass es keine Gerechtigkeit mehr gäbe, einen Satz, den er wiederholte, solange er sich erinnern konnte, er hatte ihn in verschiedenen Situationen gesagt, als er mit zwanzig nach Deutschland zum Schuften ging und begriff, dass die Arbeit eine Schande war, als er mit dreißig die letzten Reste seiner Ersparnisse aufbrauchte und feststellte, dass er nie hätte zurückkommen sollen, als er mit vierzig in dem Graben eines zerstörten gottverdammten Dorfes lag, während die Geschosse der Minenwerfer die Erde um seine Beine umpflügten, und als ihm mit fünfzig langsam klar wurde, dass ihn deshalb niemand einen Helden, sondern nur einen Idioten nennen würde, denn nun ist er schon sechzig, und noch immer zahlt er den Kredit für die kleine Vorortwohnung vom Lohn für seinen unterbezahlten Job ab, den er heute höchstwahrscheinlich verlieren wird, und wenn er nun wieder denkt, dass es keine Gerechtigkeit gibt, gibt er in der Tat eine sehr genaue, wenn auch abgedroschene Definition der Situation, denn für ihn gibt es auf keiner Seite des Zauns Gerechtigkeit, so wie es sie einst auf keiner Seite der Barrikaden gab, doch er könnte die Mädchenschuhe noch irgendwie ertragen, die so rücksichtslos die letzte Grenze überqueren, die er nicht zu verteidigen imstande war, er könnte auch diesen zynischen Klang der Trillerpfeifen überhören, die eine weitere seiner Niederlagen feiern, die er noch nicht mal als Arbeitszeit abrechnen können wird, genauso wie dieses bescheuerte Kommunistenlied, das mehr von ihm als von ihnen handelt, er könnte vielleicht noch eine ganze Reihe realer und symbolischer Backpfeifen ertragen, ohne zurückzuschlagen, aber wenn ihm jemand vor den Augen der ganzen Stadt eine Pappe zeigt, auf der steht, dass er ein Dieb sei, und zwar mit Ausrufezeichen, jemand, dessen Vater er sein könnte, dann kann er sich nicht mehr zurückhalten, er zahlt es ihm dann mit voller Kraft heim, er greift nach seiner Jacke, er packt ihn am Hals, er nimmt ihm diese Pappe weg, zerreißt sie in Stücke, spuckt ihm ins Gesicht, und während irgendwelche Hände ihn zur Seite zerren, damit er ihn nicht umbringt, hört er sich selbst immer noch schreien: Pfui, du undankbares Schwein, schämst du dich denn nicht?!

Ich?

Er vermutete, dass es im Krieg genauso war.

Am meisten bespucken dich diejenigen, für die du kämpfst.

Am schlimmsten beleidigen dich deine eigenen Leute.

Und deshalb war es am schwierigsten, nach all dem nach Hause zu kommen. Sie fragte, wo du warst, was du gemacht hast und wozu das alles gut gewesen sei. Sie wusste, wo es dir am meisten wehtut, und deshalb stach sie genau dorthin, wobei sie das Küchenmesser angeblich zufällig in der Hand hatte. Sie saß am Tisch vor zwei leeren Tellern, und mit diesem Messer schnitt sie eine Serviette in kleine Stücke, und du konntest ihrem Blick entnehmen, dass du zu lange fort gewesen warst, denn sie hatte schon jenen Topf sauber geschrubbt, das Kind umgezogen und seinen Schlafanzug gewaschen, und das Kind hatte schon seinen Brei gegessen, seine Bauklötze überall verstreut, und nach einem ganzen Tag voller Spiele, bei denen du ihm nicht gefehlt hast, war es eingeschlafen, und sie hatte es in ihren Armen gewiegt, bis sie sich wie Holz anfühlten, und sie hatte ihm die Geschichte vom Schneemann erzählt, der im Hof des Klosters gegenüber geschmolzen war, das Kind hatte kein Wort verstanden, aber es war traurig eingeschlafen, und sie war danach auf Zehenspitzen aus dem Zimmer geschlichen, hatte einen Eimer mit Wasser gefüllt, die Schlammreste vom Parkett geschrubbt, Badezimmer und Küche geputzt, hatte die Abdrücke der winzigen Hände vom Fenster entfernt, den Tisch gedeckt, hatte sogar die Kerze angezündet und das Abendessen aufgewärmt, und dann hatte sie begonnen, die Minuten mit dem Messer in Millisekunden zu zerschneiden, und obwohl sie dich hätte anrufen können, hat sie es nicht getan, genauso wie du hättest anrufen können, aber es nicht getan hast, da du Zeit brauchtest, um dich zu sammeln, um dein Gesicht verflucht noch mal zu waschen, doch all das war nicht mehr wichtig, als du vor ihrer Klinge standest, den Geruch der Putzmittel einatmend, die obsessive Ordnung betrachtend, mit der sie unermüdlich den Schein wahrte, und du dachtest, dass du dieser Frau vielleicht wirklich das Leben, den Rücken und die Fingernägel zerstört hast und den Tag ganz bestimmt, aber du hattest nicht die Kraft, darüber zu sprechen, genauso wie du keine Kraft zum Essen hattest, und sie blies die Kerze aus und warf all das in den Mülleimer, wobei sie sich vorkam wie eine blöde Kuh, genauso, und du hast sie vergeblich gebeten, dir zu verzeihen, du sagtest ihr vergeblich, dass du auf der Couch schlafen würdest, du versprachst ihr vergeblich, dass du ihr morgen alles erklären würdest … du wirst es nicht tun.

6.

ES IST NICHT DAS ERSTE MAL, dass er sein Bettzeug zur Couch trägt und sich unter die Bettdecke verkriecht, als würde er sich vor einem Gewehr verstecken, es ist nicht das erste Mal, dass sie ihn fragt, warum er nicht gehe, und ihn durch die bloße Tatsache, dass es keinen Ort gibt, an den er gehen könnte, erniedrigt, und es ist nicht das erste Mal, dass sie ihn zwingt, Dinge zuzugeben, die er sich sonst nicht auszusprechen traut; dass er es hasst, nach Hause zu kommen, dass er kaum seinen Füßen den Befehl erteilen kann, die Treppen hochzusteigen, dass er mit einem Knoten im Magen die Tür aufschließt, dass er mit Widerwillen durch den Flur geht und sich vorsichtig in der Wohnung umschaut, auf der Suche nach ihrem Körper, irgendwo zwischen den Möbelstücken, da er erwartet, sie aufgehängt, vergiftet oder aufgeschlitzt zu erblicken, mit einer heimtückischen Botschaft auf dem Küchentisch, in der sie ihm erklärt, sie habe ihm einen Gefallen tun wollen. Es ist nicht das erste Mal, dass ihm die Kraft fehlt, sich zu verteidigen, deshalb wiederholt er nur immer wieder, das es nicht stimme, dass es überhaupt nicht stimme, und dabei zieht er seinen Kopf ein, wie ein Mann, der in Todesgefahr schwebt, es ist nicht das erste Mal, dass er hilflos mit einem Auge blinzelt, das unter der Bettdecke hervorspäht, während Spucke aus seinem Mundwinkel tropft, ohne einen Satz tränken zu können. Es ist nicht das erste Mal, dass ihm im entscheidenden Augenblick die Worte fehlen, es ist nicht das erste Mal, obwohl er sich selbst immer wieder sagt, dass es das letzte Mal ist, er taucht sein Gesicht in das von Spucke befeuchtete Kissen und rezitiert innerlich Dante – wenn er bei der Hälfte eines Gesangs angekommen ist, ist sie meist fort, sie hat aufgegeben, manchmal hört er sie, wie sie im Schlafzimmer vor sich hin flennt und sich mit sich selbst unterhält, während er in den Schlaf sinkt, in dem er mit dem Fahrrad durch eine verschneite Straße fährt, bis zur ersten Kreuzung, an der er weder nach links noch nach rechts abbiegen, sondern sein Fahrrad in Richtung der erstbesten Motorhaube lenken und alles zum Teufel schicken wird.

Morgen früh wird er seine Sachen packen.

Er wird ihr diesen Gefallen tun.

Und auch das würde nicht zum ersten Mal geschehen, er würde sie nicht überraschen, denn er hat schon gedroht fortzugehen, und er ist schon mehrere Male zurückgekommen, wie zum Beispiel damals, als er wegen einer Lappalie, er kann sich nicht mehr an den Grund erinnern, fortgegangen war, er weiß nur, dass er nicht länger als zehn Minuten gebraucht hatte, um alles, was er besaß, zu einem Haufen zusammenzulegen. Einige Hemden und Pullover, ein Paar Hosen, eine Plastiktüte mit Unterhosen und Socken, seinen Kulturbeutel und das Ladegerät für sein Handy, er nahm den Rucksack auf den Rücken und verließ die Wohnung. Einfach so. Die Schuhe, die er bei ihrer Hochzeit getragen hatte, vergaß er im Flur, und obwohl sie ihm selbst gesagt hatte, dass es am besten wäre, er würde seine Siebensachen nehmen und verschwinden, stellte sie sich in die Tür und beschuldigte ihn, dass es am leichtesten sei zu verschwinden. Sie erwartete, dass dieses offensichtliche Fehlen jeder Logik ihn für einen Moment stutzen lassen und dass er auf ihre sinnlosen Phrasen eingehen würde, denn man konnte klar erkennen, dass sie sie einfach dahergeredet hatte. Sie war bereit zuzugeben, dass sie es nicht so gemeint hatte, sie wollte eingestehen, dass es dieses Mal wirklich keinen Sinn ergebe, Schweinereien zu machen, sie wollte bereuen, zugegeben mit halber Lautstärke, doch immer noch hinreichend laut, dass er ihre Entschuldigung akzeptieren und ihr sagen konnte, dass er sie liebe, trotz alledem, in guten und in schlechten Zeiten, so wie er es einst vor Zeugen versprochen hatte. Jene Schuhe, dort auf dem Boden, konnten ihn an das Versprechen erinnern, sie glaubte, dass sie es tun würden, doch er hatte die ganze Sache allzu wörtlich genommen, er war durch die Tür geschossen, als würde er vor einem Feuer fliehen, und beim Hinausrennen hatte er ihre Schulter mit seinem Rucksack gestreift. Sie hörte, wie er die Treppe hinunterrannte, die Haustür öffnete, einige Sekunden später ließ er den Wagen auf dem Parkplatz an, und danach war es ganz still. Sie machte kein Drama daraus, noch nicht, er hätte ja wieder anklopfen können, bevor sie bis hundert gezählt hatte. Sie räumte die Schuhe in die Garderobe, bereitete das Milchfläschchen vor, hockte sich an das Babybettchen und zählte, eins und zwei und drei und hundert und zweihundert, als sie bei dreihundert ankam, fühlte sie sich wie eine Idiotin, die Zahlen reihten sich ohne jegliche Kontrolle aneinander, sie summten wie Fliegen durch das Zimmer und stießen überall an. Eine landete auf ihrer Wange, sie schlug sich selbst mit der Hand, und das Kind wachte auf. Sie flüsterte ihm zu Kätzchen Mäuschen Bärchen, küsste sein Schnäuzchen, sein Schwänzchen und seine Pfötchen, und dann fütterte sie es, zog es um, legte sein Köpfchen auf ihre Schulter und marschierte von einer Wand des Zimmers zur anderen, einen Kilometer, bis es wieder schlief. Ihre Wange hing herab wie ein Lappen. Sie ging ins Badezimmer und zog sie zurück an ihren Platz. So war das damals gewesen. Es ging um eine blöde Lappalie.

Einige Stunden konnte sie sich ungestört mit sich selbst beschäftigen, ein neues Leben beginnen, solange das Kind noch nicht wach war, die Firma für Sicherheitsschlösser anrufen, um ein neues Türschloss zu bestellen, den Nachbarn bitten, die Couch in den Keller zu tragen, und dann ganz neu starten, so wie sie es häufig angedroht hatte, all das hätte sie schon damals tun sollen, als sie noch einen kristallklaren Grund hatte, doch sie hatte so getan, als ob sie Wichtigeres zu tun hätte, sie hatte an der Oberfläche der angeblichen Unordnung herumgefummelt, sie hatte einige Gegenstände ein wenig nach rechts oder nach links verrückt, hatte mit dem Zeigefinger die Krümel auf dem Tisch zusammengeschoben, die Schubladen geöffnet und wieder geschlossen, die Packungen im Küchenschrank auf ihr Haltbarkeitsdatum geprüft, sie hatte die Zeit auf Dummheiten verschwendet und so getan, als ob nichts geschehen sei, als ob er einfach in einen Laden gegangen oder im Stau stecken geblieben wäre. Ihr Blick verschwamm, doch nein, es waren keine Tränen gewesen, es war nur wegen der zu klein gedruckten Daten auf den Verpackungen.

26. Januar des laufenden Jahres.

Sie hatte sie sich alle gemerkt.

Sie hatte auch die Weinflasche gefunden, die tief in der hintersten Ecke eines Küchenregals stand. Er hatte sie gekauft, um die Geburt des Kindes zu feiern, er hatte sie ins Krankenhaus gebracht und auf das Nachtschränkchen geknallt. Sie hatte ihn gebeten, sie nicht in eine peinliche Situation zu bringen. Er hatte sie gefragt, warum sie flüstere. Sie hatte geantwortet, dass er Blumen hätte bringen können. Er hatte wiederholt, dass er sie nicht höre, und hatte den Kopf zu ihr herabgebeugt. Sie hatte geschwiegen.

Warum bist du so?

Wegen der Rosen.

Er hatte es nicht verstanden. Er war betrunken gewesen. Er hatte noch kurze Zeit über ihrem Bett herumgewankt und auf eine bessere Erklärung gewartet. Und dann mit seinem Handy das Kind fotografiert, die Flasche an sich genommen und war nach Hause gegangen. Beim Abschied hatte er ihr vorgeworfen, dass sie immer alles verderben müsse, dass er die Nase gestrichen voll habe von diesem Ausnahmezustand, dass er aber den Wein aufbewahren würde, damit sie ihn irgendwann einmal gemeinsam trinken könnten, wenn ihre postnatale Depression sich gelegt haben würde. Sie schüttelte die Flasche. Sie war leer.

Sie ging zur Garderobe zurück und schmiss die verdammten Schuhe in den Mülleimer, sie legte auch die Flasche dazu und widmete sich wieder der Geometrie, um sich die Zeit zu vertreiben. Sie brachte die Rollos auf gleiche Höhe, sie ordnete die alten Zeitschriften chronologisch, wobei sie darauf achtete, dass die Ränder genau übereinander zu liegen kamen, sie ordnete die Stühle, alle im gleichen Abstand zueinander und zum Tisch, sie schlüpfte auf den Stuhl gegenüber seinem Stammplatz, und in einem rührenden Monolog, den sie nie würde wiederholen können, erklärte sie ihm gefasst, dass sie eine gute und fleißige Frau sei, die gerade durch eine komplizierte Lebensphase zu gehen habe, und dass sie deshalb das Recht habe, wegen irgendwelcher Kleinigkeiten durchzudrehen, wegen des Weins, wegen der Blumen, und dass sie auch ab und zu etwas Widerliches sagen dürfe, ohne dass er es sofort ernst nehmen müsse, sie habe auch das Recht zu fragen, wo er sei und mit wem und was er tue und ob er sie immer noch auf die gleiche Art liebe wie sie ihn. Nämlich am meisten auf der Welt.

Der Stuhl gegenüber schwieg.

Es wurde ihr wieder nebelig vor Augen, doch das musste vom Rauch kommen. Sie hatte seit Beginn der Schwangerschaft nicht mehr geraucht, obwohl er ihr einreden wollte, dass sie damit den gleichen Schaden verursache, da die Abstinenz sie unerträglich, widersprüchlich und selbstmitleidig mache, und dass es nur eine Frage der Zeit sei, wann sie beginnen würde, kalorienreiche Schweinereien in sich zu stopfen und die Haut um ihre Nägel abzukauen, worauf sie geantwortet hatte, dass sie weder nervös noch hungrig sei, überhaupt nicht, nicht im Geringsten, nur dann, wenn er das Gegenteil behaupte, sie hatte Kaugummis gekaut und klebrige Ballons daraus geblasen und Tonnen grünen Salats in sich hineingeschaufelt, und erst als sie ihm an diesem Morgen gesagt hatte, dass er gehen solle, und ihm dann vorgeworfen hatte, dass er tatsächlich ging, erst dann verspürte sie zum ersten Mal den unwiderstehlichen Drang zu fressen, sie schob die Finger zwischen die Zähne und kaute an ihren Nägeln, erst jetzt konnte sie zugeben, dass er recht gehabt hatte, als er einen Unterschied zwischen realem Hunger und einer psychischen Störung diagnostiziert hatte. Sie rauchte so lange, bis sie satt war. Um fünf Uhr nachmittags fing sie an zu husten. Spät am Abend überkam sie die typische Angst der Raucher.

Jede Zigarette verringert das Leben um sieben Minuten.

An einem einzigen Nachmittag verlor sie eine ganze Stunde. Sie war …

Sie schaltete ihr Gehirn am Anfang des Satzes aus, sie verbot ihm, weiter zu funktionieren, sie machte alle Lichter an und zwang sich, an nichts zu denken, nur an die Möbel und den angesammelten Staub. Dann nahm sie die Schuhe aus dem Müll, leerte den Aschenbecher in ihnen aus und brachte sie zurück in den Flur, um ihn, wenn er wieder diese Schwelle überschreiten würde, an die Verantwortung zu erinnern, die er für ihren vorzeitigen Tod trüge, und dann setzte sie sich ans Fenster und wartete und wartete und wartete, um ihm all das ins Gesicht zu sagen, sie wartete, bis das letzte Auto auf den Parkplatz zurückkehrte und sie im Sitzen einschlief, nur für einige Sekunden, sie wachte wieder auf, da sie mit der Stirn gegen das Fensterbrett stieß, während das Bild vor dem Haus dasselbe blieb, vereist und unbeweglich, sodass auch dem letzten Dummkopf klar werden musste, dass es besser gewesen wäre, sich ins Bett zu legen, als hier Strom zu verschwenden. Sie klebte sich ein Pflaster auf die Stirn, blies die Asche aus den Schuhen und sprühte sie mit Raumspray ein, zog sich ein Nachthemd an und kehrte dann an denselben Ort zurück, an dem sie saß und saß und saß, bis ihr die Augen brannten und ihr Leben jeden Sinn verlor, sie verfluchte alles und schaltete ihr Gehirn wieder ein, sie drehte es bis Anschlag auf und erlaubte ihm, mit ihr zu machen, was es wollte. Sie erwartete, dass sie sich endlich anständig ausheulen würde. Aber sie tat es nicht.

Es ging und ging nicht.

Kein Tropfen kam.

Solche Dinge geschehen, Frauen legen einen Kilometer zwischen zwei Wänden zurück, verlieren eine Nacht aufgrund einer Lappalie, widmen dieser übermenschliche Anstrengungen, und dann, statt gebrochen zu sein, statt aufzugeben und sich endlich auszuruhen, bleiben sie aufrecht stehen, als hätten sie einen Besen verschluckt oder als hätten sie sich einfach in einen Steinblock verwandelt. Sie ziehen sich sogar um. Männer dagegen platzen sofort, sie zerbersten wie Glas und sind zu nichts mehr zu gebrauchen, sie sind aber nicht schuldig an dieser Situation, sie reagieren einfach ehrlich. Der Anblick verschrumpelter Mäuschen, Kätzchen und Bärchen, die aus roten schwangeren Mänteln schlüpfen und die sich ihre Kinder nennen, verwirrt sie, und es erschreckt sie der Gedanke an die schwierige Zeit der Schlaflosigkeit, in der sie diese lieb gewinnen müssen, genauso wie die Erkenntnis, dass das Wunder der Geburt sie umgangen hat, da sie nur nominell beteiligt waren, da sie weder Schmerzen hatten noch gelitten haben, und dann ziehen sie sich beleidigt vor dem Urteil, dass sie nichts verstehen, zurück, dass sie wirklich nichts verstehen, genau das hatte sie ihm an jenem Morgen mehrere Male gesagt, aber anstatt zu begreifen, dass das nur ein Symptom jener dramatischen Gemütsveränderungen war, für die sie eine medizinische Rechtfertigung hatte, hatte er es wortwörtlich genommen, war der Auseinandersetzung aus dem Weg gegangen und wortlos die Treppe hinuntergerannt. Und all das, um ihr beleidigt zu demonstrieren, dass er überhaupt nicht gebraucht würde, denn schließlich könne man in jedem Handbuch nachlesen, dass ein Kind nur eine Mutter, die Brust und Milch brauche, all diese Handbücher würden ihm keine Rolle zuweisen, obwohl sie sich wirklich bemüht hatte, ihm die schlimmste Rolle zuzuweisen, schon im Krankenhaus, als man ihnen mitgeteilt hatte, dass das Kind zu schwach zum Saugen und dass es müde und interessenlos geboren sei, dass ihm der Überlebensinstinkt fehle, kurzum, dass es nach ihm komme.

Die Diagnose hatte sie selbst gestellt. Sie war volle fünf Tage im Krankenhaus geblieben, eine Krankenschwester hatte an ihrem Bett Wache gehalten, dem Kind auf den Hintern geklopft, es an den Wangen gekitzelt und an den Ohren gezogen, um es aufzuwecken. Und dann hatte sie ihr die Brust aus dem geöffneten Nachthemd gezogen, sie kräftig mit den Händen durchgeknetet, ihre Brustwarze mit den Fingern zum Stehen gebracht, der kleinen Schlafmütze die Milch ins Gesicht gespritzt und ihr dann das Kind an die Brust gepresst, wobei sie sein Köpfchen festgehalten hatte. Seine Schultern hatten vom Weinen gezittert, und es war violett angelaufen. Am fünften Tag hatten sie aufgegeben, man hatte ihr beigebracht, das Kind mit dem Fläschchen zu füttern und den Überschuss an Milch zu entsorgen. Doch auch das war keine leichte Aufgabe gewesen, literweise Babynahrung durch das feine Sieb der Brustwarze zu pressen, schlimmer noch, irgendwo hatte sich etwas verstopft. Ihre Brust hatte sich aufgebläht, die Haut war aufgesprungen, sie hatte Fieber bekommen und war ins Krankenhaus zurückgekehrt, sie hatte Angst davor gehabt, explodieren zu können. Man hatte ihr eine Spritze gegeben und auf der Höhe des Herzens einen Schnitt mit dem Skalpell gesetzt. Die Milch hatte man in einen Eimer geleitet und zur Analyse geschickt, und sie wurde mit einem Haufen Mull verbunden und wieder nach Hause entlassen: Sie möge nur regelmäßig den Verband wechseln und die Wunde desinfizieren, die von alleine verheilen würde.

Das ist nichts Schlimmes, hatte man ihr gesagt.

Das ist nichts Schlimmes, hatte sie ihm gegenüber wiederholt, wobei sie gehofft hatte, dass er die Ironie verstehen würde.

Er hätte wissen müssen, dass alles, was er tut, falsch sein würde. Schon damals. In der Zeitung war eine Statistik veröffentlicht worden, nach der jede dritte Ehe zum Scheitern verurteilt war. Als Grund hatte man ungeregelte Wohnsituationen, soziale Unsicherheit, Alkoholismus und die asymmetrische Aufteilung der Hausarbeit angegeben, und ein bedeutender Anteil der Beziehungen brach nach der Geburt des ersten Kindes zusammen, mitten in der Nacht, wenn die weinenden Kätzchen, Mäuschen und Bärchen Alarm schlagen und in der Nähe niemand ist, der sie beruhigen kann, da die Eltern alle Türen bis hin zur Küche zugesperrt haben, wo sie sich in verrauchter Luft gegenseitig an die Gurgel gehen und einander vorwerfen, dass sie nicht glücklich sein können.

Die haben es gut, kommentieren die Nachbarn, weil sie morgens nicht zur Arbeit müssen.

Ihm war die Meinung der Nachbarn scheißegal, er hätte nur gerne gewusst, warum. Denn als er so kopflos zur Tür hinausgerannt war und das Auto angelassen hatte, war ihm überhaupt nicht klar, warum er das gerade tat, vielleicht hatte er ihr beweisen wollen, dass die Leere, die er hinterließ, sich bemerkbar machen würde, vielleicht wollte er sie dazu bringen, so lange die Schäfchen auf dem Parkplatz zu zählen, bis sie zugeben würde, dass eines fehle, ungefähr um zwei Uhr morgens, wenn sie sich mit der Tatsache abfinden musste, dass alle Geschäfte schon längst geschlossen waren und dass es keine Staus an den Ampeln mehr gab, vielleicht rechnete er mit einer leidenschaftlichen Versöhnung, die auf ihre zahlreichen Telefonanrufe folgen würde, und vielleicht nutzte er, seien wir ehrlich, nur die Gelegenheit, um sich endlich ausschlafen zu können. Er raste vom Parkplatz, fuhr in einem Halbkreis um den Wohnblock und lenkte dann das Auto auf einen schlammigen Pfad, der in ein Wäldchen führte, entlang des Zauns, der den Klosterhof begrenzte. Er schaltete das Radio an, klappte den Sitz nach hinten, und so schlief er ein. Er wachte gegen acht Uhr abends bei vollständiger Dunkelheit auf, steif und durchgefroren, mit dem starken Drang, der Erste zu sein, der nachgeben würde. Er verließ das Auto, pinkelte und ging die fünfzig Meter zum Klosterzaun, von wo man die Lichter in ihren Fenstern sehen konnte. Auch wenn sie dort stand, konnte sie den Mann durch die Äste im schwarzen Fleck des Waldes nicht erblicken, den Mann, der mit unterkühltem Daumen versuchte, eine reuevolle Nachricht ins Handy zu tippen. Die Nachricht kämpfte sich langsam durch die dicke Winterluft. Sie kam in die Reichweite ihrer beleuchteten Fenster, aber dann schickte der Betreiber des Netzes sie zurück, und zwar mit der Bemerkung, dass nicht genug Guthaben für die Durchführung dieser Operation vorhanden sei. Er ging zurück zum Auto, er verspürte Lust, den Motor zu starten, aufs Gas zu treten, vom Waldpfad auf die Hauptstraße zu fahren, vor die erste Säule zu knallen, sich zu überschlagen und im letzten bewussten Moment dem Sanitäter im Notarztwagen ihre Telefonnummer zu diktieren. Das hätte zumindest eine gewisse Würde. Dann kam ihm der Gedanke, in die Stadt zu fahren, sich mit irgendwelchen Kumpels zu treffen und sich wie ein Schwein zu besaufen, den euphorischen Vater zu spielen und unter den Tisch zu fallen, sodass man ihn nach Hause tragen und ihn seiner Frau auf allen vieren aushändigen müsste. Niemand würde ihm das übel nehmen. Er zählte sein Geld im Portemonnaie. Es reichte für nicht mehr als eine Runde. Er setzte sich auf den Rücksitz des Autos, seine Jacke bis zum Hals zugeknöpft, und schlief mit dem quälenden Gefühl ein, dass er schon wieder etwas Falsches tat. Um fünf Uhr morgens stand er vor der Tür. Im Flur hörte er das Rauschen der Dusche. Er legte leise seinen Rucksack ab und schlich zum Badezimmer. Sie beugte sich über die Badewanne, und das Wasser floss durch ihre Haare. Sie sah aus wie eine Eisbärin unter einem Wasserfall. Der schlaffe Bauch hing über den Rand der Unterhose, und ihre Brüste waren immer noch mit Mull verbunden. Er hustete, um auf sich aufmerksam zu machen, sie stellte die Dusche ab, bat ihn, sie nicht weiter anzusehen, und hüllte sich in ein Handtuch. Er wandte seinen Kopf ab. Sie sagte, dass sie ihn hassen würde. Er antwortete, dass er das wisse. Dass sie ihn wirklich hasse. Auch das wisse er. Aus vollem Herzen. Das glaube er ihr.

Dann umarmten sie sich.

Wenn er diesen Roman schreiben würde, das heißt, wenn er ein monatliches Einkommen, ein Arbeitszimmer und ihre tatkräftige Unterstützung hätte, genau das zu tun, dann würde er mit dieser Szene die Geschichte schließen. Er würde die Bärin beschreiben, wie sie sich aufrichtete auf ihren Hinterbeinen, wie sie die Pfoten auf ihren Bären legte und sich mit einem Griff, der mehr an Raufen erinnerte, an seine starke Schulter lehnte, und sich selbst, einen zentnerschweren Riesenbären, der sein Maul aufreißt und die Zunge ausstreckt, um ihr nasses Nackenfell zu lecken. Es wäre ein Roman mit glücklichem Ende, bei dem sich im großen Finale alle paradoxen Verhältnisse zwischen Umarmungen und Worten auflösen, etwas anderes würde er nicht erwähnen, er würde sich nicht in die Zukunft einmischen, er würde nicht reflektieren, dass er zum wer-weiß-wie-vielten Mal seinen Hals auf der Couch verdreht habe und auf einer schneebedeckten Kreuzung gestorben sei, oder dass ihn Kindergeschrei geweckt habe, wie auch ihr düsterer Blick, der an der Leiche haftet, die an seiner Stelle liegt, und ihre ironische Frage, mit der sie ihm mitteilt, dass es schwieriger sei, den Morgen zu überleben als einen Verkehrsunfall:

Du bist noch hier?

Sie hält den tränengetränkten Kopfkissenbezug in der Hand, legt ihn über die Heizung, sie geht steif in die Küche und schlägt dort mit Tellern, Töpfen und den Türen des Küchenschrankes, während das Kind ihrem Beispiel folgt, nach dem Spielzeug schnappt, mit diesem auf die Zargen der Tür schlägt und Amok läuft, als das Spielzeug beim fünften Schlag entzweigeht. Ganz der Vater, sagt sie zum Kind, du zerstörst alles, was du in die Hand nimmst, und dann reißt sie ihm die zerbrochenen Plastikteile aus den Händen, wirft sie in den Mülleimer und fährt fort, die Küche zu demolieren, wobei sie sich damit tröstet, dass sie nicht immer solch ein Monster war. Und wahrscheinlich tut es ihr leid, wahrscheinlich überkommt sie die Lust, das Kind zu umarmen, das Spielzeug zusammenzukleben, diese monströse Haut abzustreifen und ins Bett zurückzukehren und zu versuchen, wieder aufzuwachen und ihm ohne Ironie einen guten Morgen zu wünschen. Wenn er diesen Roman schreiben würde, würde sie das wahrscheinlich auch tun, aber er hat kein monatliches Einkommen, kein Arbeitszimmer und auch nicht ihre tatkräftige Unterstützung, er sucht immer nach einem anderen Schuldigen.

7.

DANN SCHREIBE, SCHREIBE, SCHREIBE, sagt sie zu ihm, als gäbe es nichts Leichteres, als könne sich der Mensch einfach so hinsetzen und anfangen, um zum Beispiel jenen Satz von vorhin aufzuschreiben, jenen über den Bären, der sein Weibchen auf dem Fußboden des Badezimmers begattet, ohne dass es schwachsinnig klingt. Sie denkt, dass Schreiben wie Angeln ist, du wirfst deine Angel aus und wartest, irgendetwas wird bestimmt anbeißen, deshalb sagt sie auch dann: Schreibe, einfach so, sie wird die Tür schließen und auf Zehenspitzen laufen, damit sie seine Fische nicht verscheucht, oder besser noch, sie wird mit dem Kind in den Park gehen, sie wird es in eine Decke wickeln und bis zum Knie im matschigen Schnee versinken, und all das, nur damit er einen kapitalen Fisch fängt, damit er in Ruhe SCHREIBEN kann und nicht an einem einzigen Satz basteln und sich dabei mit irgendwelchen Bären herumschlagen muss, die schon seit Tagen miteinander im Clinch liegen, sie halten sich fest und lassen nicht los, sodass nicht klar ist, ob sie ficken oder sich gegenseitig abschlachten wollen, es ist auch nicht klar, warum sie das überhaupt tun, denn er ist der Erste, der nicht weiß, was der Bär der Bärin angetan hat und warum sie ihn so sehr hasst und was die Bärin dem Bären angetan hat, wofür er ihr am liebsten einen auf die Schnauze geben würde. Doch sie sagt ihm: Schreibe, gib nicht auf, wechsele das Thema, versuch es noch einmal, als würde das Schreiben erlösen, als würden damit all seine Gleichgültigkeit und seine Faulheit aufgewogen werden, die er üblicherweise Müdigkeit nennt, all jene Tage, die er verrotzt auf der Couch verbracht hat, dabei die Direktübertragung der Parlamentssitzungen am Fernseher verfolgend, er hörte, wie man ihm vom Rednerpult aus mitteilte, dass es an der Zeit sei, den Gürtel enger zu schnallen oder einen Kredit aufzunehmen, einen nicht zweckgebundenen Kredit, um Brot, Milch und die Telefonrechnungen bezahlen zu können, denn es wurde alles geplündert, was geplündert werden konnte, und alles ausverkauft, was ausverkauft werden konnte, sodass es kein Geld gibt, es sei denn, jemand leiht ihm welches, doch man müsse ihn warnen, er solle auch damit vorsichtig sein, da man fremdes Geld leicht ausgeben und nur schwer zurückzahlen könne, wer würde das besser wissen als sie, sie raten ihm, sich noch zwanzig oder dreißig Jahre zu gedulden, bis der entwendete Besitz dem Volk in Dividenden zurückgezahlt werde, und seinen Wurm in der Hose zu behalten und mitten in der Rezession keine Kinder zu produzieren, wofür es freilich zu spät ist, sodass sie völlig zu Recht über ihn lachen, da er sich zum Narren gemacht hat, der nun alles Recht der Welt hat, mit der Stirn gegen die Wand zu schlagen, als wäre dieses Schlagen gegen die Wand sein einziges Recht, die einzige berechtigte Antwort, das Einzige, mit dem er noch erfolgreich sein könne und das ihm leichtfalle, und wahrscheinlich wiederholt sie gerade aus diesem Grund, dass er sich hinsetzen und schreiben solle, dass er auf seinen Kopf achtgeben und das vollbringen solle, was er tagtäglich versäume, nicht mehr und nicht weniger als ein Wunder, etwas Schönes und Edles aus Worten zu erschaffen, anstatt sie wie Spucke über den Boden zu verschmieren. Und sie glaubt tatsächlich an seine heilige Aufgabe, sie drückt zärtlich seine Hand und sagt ihm, dass nur noch das Schreiben sie retten könne, und dann nimmt sie die Bettdecke und das Kind und geht hinaus in den Schneematsch, und während er beobachtet, wie sie um die nächste Ecke verschwindet, kommen ihm Wunder wirklich möglich vor, denn sie wandelt über der Erde, und ihre Füße berühren nicht die Scheiße, die auf der Straße liegt.

Und er beginnt zu schreiben, genauso wie sie es ihm gesagt hat, von Anfang an, ausgehend vom Weiß, und er stellt sich einen Roman vor, der vielleicht auch dieser Roman sein könnte, denn er würde ihn ebenfalls Liebesroman nennen, und er würde ihn ebenfalls in einer ähnlich ausgeplünderten Provinz spielen lassen, in der die Menschen rückwärts oder auf allen vieren laufen, mit blutiger Stirn und den Wurm zwischen die Beine gepresst, in Mülltonnen wühlen und sich wegen eines abgetragenen Schwangerschaftsmantels in die Haare kriegen, wo der Mensch dem Menschen, figurativ gesagt, ein Bär geworden ist, er würde ihn schreiben, als bliebe ihm nichts anderes übrig, als würde er Gastritis oder Magengeschwüre bekommen, wenn er es nicht täte, als würde es ihm dann bessergehen, und er wäre am Ende unangenehm überrascht, denn die Worte würden ihn im Kreis drehen und sich nach einer eigenen Logik gegenseitig aufheben, ein glückliches Ende aufschiebend, und sie würden ihn zwingen voranzuschreiten, auch dann, wenn ihm gar nicht danach wäre, zu schreiben, so wie er lebt, planlos, von heute auf morgen, ohne zu wissen, was auf der nächsten Seite geschehen wird, wenn sie zum Beispiel durchgefroren von ihrem Spaziergang zurückkehrt und den Satz liest, den sie bereits gehört und nicht gemocht hat, den sie vielleicht sogar selbst gesagt hat, und wenn sie begreift, dass er nicht über die Fantasie verfügt, sich eine bessere Geschichte als diese komische auszudenken, ihre Geschichte, die die Literatur, wenn er schon darauf besteht, ihre Meinung zu hören, nicht brauche, vor allem nicht jetzt, da sich die Menschen nach Büchern sehnen, die trösten, die Versprechungen machen, die, so sagt sie, retten, und nicht nach derartigen defätistischen Scheißbüchern, in denen alles bereits verloren und abgeurteilt sei, und die, so wolle sie hinzufügen, nichts mit Liebe zu tun hätten, denn Liebe sei Sex, Liebe sei Sehnsucht, Liebe bedeute Seifenblasen, Blumen, Schokolade und Zimtduft, Liebe sei eine unaussprechliche Schwärmerei, die sich der Gravitation, der Rezession und jedem Schicksalsschlag widersetze und die uns über den Matsch auf der Straße und den Schlamm auf dem Parkett schweben lasse, ein Talent, über das er, im Unterschied zu ihr, nicht verfüge.

Doch er würde am liebsten genau diesen Roman schreiben, obwohl ihm völlig klar ist, dass er es nicht tun wird, denn schon im Voraus erschlägt ihn der Gedanke an all jene künstlerischen Allüren, Krisen, Blockaden und enormen Mengen von Alkohol, die er investieren müsste, genauso wie die Vermutung, dass diesen Roman wirklich niemand lesen würde, und zugleich erschreckt ihn auch das Bild, in dem er sich selbst wiedererkennen könnte, wenn er diese ganze Elektrizität aus seinem Kopf verbannen würde, wenn er sich ausgetobt hätte, wenn er alles zugeben würde, wenn er bei dem Kapitel angelangt wäre, in dem er angeblich schreibt oder angeblich angelt, seinen Schwimmer beobachtet, der träge über die weiße Oberfläche gleitet, in dem er eine Zigarette dreht, während seine Gedanken ununterbrochen zum Gesicht der Kellnerin schweifen, die sich ganz zufällig auf der anderen Seite der Theke eingefunden hatte, als er zerknittert und bespuckt von der Tiefgaragenbaustelle flüchtete und mit zitternder Stimme einen doppelten Pelinkovac bestellte, weil er dringend etwas brauchte, um sich zu beruhigen, als er sich sowohl waschen wie auch betrinken musste, da ihn vor einer Minute, wir wollen das nicht vergessen, jener Mensch zu erwürgen versucht hatte, und nun drehte er das leere Glas in seinen Fingern und murmelte vor sich hin: Scheiß auf solche Revolutionen, scheiß auf solche Menschen, scheiß auf diesen Staat, ohne dabei zu erwarten, dass sie ihn hörte, noch weniger, dass sie ihn verstand oder gar sein Glas wieder auffüllte, sich auf den Stuhl neben dem seinen setzte und ihm etwas sagte, was ihm seit Jahrhunderten niemand gesagt hatte, dass er im Recht sei, dass er absolut das Recht habe, alles der Reihe nach zu verfluchen, denn sie tue es auch, jedes Mal, wenn sie sich frage, warum sie als Kellnerin arbeiten und nicht studieren würde, warum sie Bier austeile und nicht Klausuren schreibe oder auf die Barrikaden gehe, denn ja, auch sie denke darüber nach, jedes Mal, wenn sie sich an diesen beschissenen Staat erinnere, in dem sie auf nichts Besseres hoffen könne, als sich Gummihandschuhe überzustreifen und ihre Arme bis zum Ellenbogen in die Scheiße zu tauchen, Gläser zu spülen, Kaffee zu kochen, Fußböden zu schrubben und zu versuchen, den Rücken gerade zu halten und nicht jedem Schwein zu erlauben, ihren Hintern zu tätscheln, während sie die Kippen aus den Aschenbechern leere.

Doch er kann nicht darüber schreiben, denn er würde sich als ein ebensolches Schwein entpuppen, es würde sich zeigen, dass er die Situation ausgenutzt hat, nur um diesen Hintern zu ergattern, obwohl er sich jetzt, um die Wahrheit zu sagen, nicht einmal mehr an den Namen der Besitzerin erinnern kann, was vollständig verständlich ist, zumindest für ihn, denn er war außer sich, und er hatte weder seinen Kopf noch seine Hände unter Kontrolle und auch nicht seine Sätze, die aus dem Pelinkovac hervorsprudelten, wie das Wasser, das von Delfinen versprüht wird, und die sich auf der Theke das Genick brachen, doch plötzlich hatte er sich blendend gefühlt, weil er so betrunken und so dumm war, er wollte darauf anstoßen, dass er am Leben geblieben ist, aaam Leeeben, und dass er einer Frau gegenübersaß, die nicht gleich die Augen verdrehte, nicht gleich mit einer Geste abwinkte, begleitet von einem spöttischen Pffff, und die ihn nicht anstarrte – so wie er die Parlamentssitzungen anstarrt, schon im Voraus niedergeschlagen wegen der Dinge, die er dort hören wird –, sodass er feierlich sein Glas hob und verkündete, dass nicht alles verloren sei, dass man die Zukunft von ihrer hellen Seite betrachten solle, vor allem sie, da sie noch keinen Kredit und kein Kind habe, und dass sie in zwanzig, dreißig Jahren, wenn die unaufhaltsame Gier des Kapitals sich selbst verschluckt und die Dinge sich zum Besseren gewendet haben würden, immer noch jung und schön sein werde, was natürlich eine gewöhnliche

Phrase war, doch ihr gefiel sie, denn sie sagte Prost und goss ihm wieder ein und lächelte ihm erneut zu, und dann begann sie zu wiederholen, dass sie sich bestimmt schon einmal getroffen hätten, dass sie ihn bestimmt schon früher irgendwo gesehen hätte, in der Zeitung oder sogar im Fernsehen, was man nicht anders erklären könne als durch die Tatsache, dass es einfach überall Typen wie ihn gäbe und dass jeder Säufer dem anderen Säufer ähnele, sodass man sie leicht verwechseln könne, sie ähneln sich in ihren Gesten, in ihrem Fluchen, in ihrer schlechten Poesie und in ihren an den Haaren herbeigezogenen Theorien, etwa der Theorie des Jenseits, mit der er ihr die verborgene Verbindung ihrer Schicksalswege erläuterte, wobei er ihr das Ohr vollsabberte und die Konstellationen ihrer Seelen in vergangenen Leben analysierte, dabei behauptete er, dass ihre Wege sich schon damals gekreuzt hätten und dass sie höchstwahrscheinlich entweder Rivalen oder Feinde gewesen seien, dass sie über Kimme und Korn aufeinander gezielt hätten, in Kriegen und Duellen gestorben wären, um sich nach langen Irrungen unter Masken falscher Rollen endlich auf derselben Seite wiederzufinden und die Chance zu bekommen, die sie jetzt entweder nutzen oder versäumen könnten. Und obwohl das der reinste Schwachsinn war, sagte sie ihm erneut, dass er eventuell recht haben könne, warum auch nicht?, als würde sie sich wirklich freuen, dass sie sich wiedergetroffen hätten und dass sie tatsächlich ihren Hintern opfern könnte, da es besser sei, das zu nehmen, was gerade geboten werde, als jenes, was sie später nicht bekommen könne, denn so war es ihr schließlich beschieden, und er war weder der Erste noch der Letzte, auf den zu Hause sowohl Frau als auch Kind als auch Abendessen warteten, von ihm könne sie nichts Besonderes, Unvergessliches und noch weniger etwas Ewiges erwarten, und deshalb könne sie ihm stillschweigend erlauben, mit ihr anzustellen, was er wolle, und zwar ohne irgendwelche Verpflichtungen, ihren BH aufhaken und ihr die Jeans ausziehen, nachdem sie ihre Schicht beendet habe, und ihr erzählen, wie wunderbar glatt, leuchtend oder was auch immer sie sei, um anschließend all das, was er gesagt habe, zurückzuziehen und es ohne jede Fantasie damit zu begründen, dass er nicht gewusst habe, was er tat, dass er sich nicht daran erinnern könne, wo er das Auto geparkt und seine Haut zurückgelassen habe, und auch nicht, wie er in diese zurückgleiten werde, und noch weniger, wie er die Rechnung begleichen und nach Hause gehen könne, und dass er nicht beabsichtige, sich deswegen zu rechtfertigen, was er tatsächlich nicht beabsichtigte, denn er war einfach nur betrunken, und er hatte wirklich jene Delfine gesehen, er war zusammen mit ihnen über die Theke gefallen und hatte sich dann wieder hochgerappelt, indem er sich auf seine Ellenbogen stützte, weich und unbeschädigt, und deshalb kam es ihm so vor, als würde er etwas tun, was ihm normalerweise nicht gelingt, etwa Schweinereien erzählen, auf Pump trinken, nicht auf die Uhr schauen, deshalb spürte er auch, dass er über einen Mut verfügte, der ihm sonst immer fehlt, dass er eine Inspiration hatte, die ihm jetzt verloren gegangen war, dass er fliegen oder schreiben könnte, beziehungsweise dass er das gar nicht mehr nötig hatte, denn der ganze Roman hatte sich schon in seinem Kopf geformt, darin der Nachbar, das Kind, Jesus, Dante, der Bär, die Bärin und die nächsten paar Jahrzehnte, in denen er ausschließlich wegen seiner Panik Liebe machen würde, sodass er ihn nur noch an einer sicheren Stelle verwahren und dann irgendwo in aller Stille auspacken müsse, und dann würde er ohne Schwierigkeiten all die Fische, die aus dem Paket springen, einfangen, die Fische, die jetzt über Zimmerdecke und Wände schwimmen, stumm und außerhalb seiner Reichweite.

Und ihm fehlen wieder die Worte, um diesen Zustand zu beschreiben.

Er hat auch nicht genug Alkohol, um ihm zu entgehen.

Dabei fehlen ihm die allerwesentlichsten Teile der Geschichte.

Er weiß nur, dass er diesem Zustand schnell entkommen war: Er hatte sich ausgepinkelt und ausgekotzt und sich ein wenig mit Wasser erfrischt, dann hatte er sich die Lüge ausgedacht über den Geldbeutel, den er in einer anderen Hose vergessen habe, danach hatte er sie auf die Straße hinausbegleitet. Sie presste sich an ihn, als hätte sie Angst vor der Dunkelheit, verstieg sich zu irgendwelchen romantischen Dummheiten, lehnte den Kopf an seine Schulter und schob ihm ihre Hände in die Taschen ohne zu fragen, während er hartnäckig seinen Schritt beschleunigte, wobei er seine Hände unter die Achseln presste und schimpfte, dass es zu spät sei, zu kalt, dass der Frühling schon längst hätte kommen müssen. Plötzlich war er nüchtern und in großem Verzug, sodass er keine Lust mehr hatte, dieses Kapitel zu beenden. Alles war wieder an seinem alten Platz, sowohl der Kopf, der verkehrt herum angewachsen war, wie auch das Auto mit dem Strafzettel für Falschparken an der Windschutzscheibe, doch es gehörte sich, sie zumindest zu umarmen und nach Hause zu fahren, auf halbem

Weg das Auto anzuhalten und das zu tun, was er tun musste, etwas an ihren Brüsten herumfummeln, ihre Kleidung durcheinanderbringen, sein Gesicht in ihr Haar eintauchen und sie mit letzter Kraft unter sich ziehen, um dann hechelnd den Hosenschlitz zu öffnen, um ihr zu zeigen, dass er wirklich will, aber dass er nicht einmal unter größter Anstrengung seinen Wurm aus der Boxershorts hervorholen kann, das war eine Frage des fundamentalen Anstands, ihr zu sagen: ein anderes Mal, so überzeugend, wie er nur konnte, ihr eine falsche Telefonnummer zu geben und mit gespielter Aufmerksamkeit ihre Nummer aufzuschreiben und dann geduldig abzuwarten, bis sie das Treppenhaus betritt, ihr die Gelegenheit zu geben, sich in seine Richtung zu drehen und ihm zuzuwinken, als würde er wirklich wiederkommen, morgen oder bald, als würde er es gar nicht abwarten können, und dann würde er jene Rechnung gemeinsam mit dem Rest seiner karmischen Schulden begleichen, und er würde kein Schwein sein, der diese Außenstände auf bessere Zeiten aufschiebt, auf die Zeit nach einem der künftigen Tode.

8.

ALS DIE SONNE ENDLICH SCHIEN, traten die Menschen auf ihre Balkone, und fast hätten sie applaudiert. Obwohl man im grellen Licht die Flecken und den Staub deutlicher sah, waren die Heizkosten geringer, man konnte Benzin und die Ausgaben für öffentliche Verkehrsmittel sparen, man konnte ohne Mantel durch die Stadt spazieren und Bier auf einer Bank im Park trinken. Der Schlamm hatte sich in das Parkett zurückgezogen, der Glanz blieb an den Wimpern haften, er leuchtete sogar im Dunkeln, sie mussten nicht einmal das Licht einschalten, sie ließen auch die Fenster offen stehen, man musste nichts verstecken oder unterdrücken, sie legten sich nebeneinander ohne eine einzige verschossene Kugel, sodass es plötzlich schien, als wäre die Liebe das Leichteste auf der Welt und das Leben doch bloß eine Ansammlung leicht zugänglicher Kleinigkeiten, nur dass man es vom Standpunkt der Meteorologie betrachten müsse. Nach dem Regen kommt Sonne, so etwas in der Art.

Im Garten des Klosters hingen Daunendecken zum Lüften, der Hang füllte sich mit Schlüssel- und Glockenblumen, und die Ordensschwestern pickten, einem Krähenschwarm ähnlich, Körner im Hof, banden die jungen Triebe der Obstbäume herunter und besangen die unergründlichen Wege Gottes. Der Nachbar ordnete die Beete vor dem Hauseingang. Er trug zehn Säcke Blumenerde auf, formte aus Brettern Kaskaden und pflanzte auf jeder Ebene Blumen in einer anderen Farbe. Er riss vertrocknete Zypressentriebe aus und hob auf beiden Seiten des Weges einige Löcher aus, damit die Allee mit den gerade angelieferten Blauen Atlaszedern verschönert werden konnte. Er ließ jeder Mietpartei einen detaillierten Plan der Anlage zukommen sowie eine Notiz über den Anteil, den sie für die Beschaffung der Setzlinge zu zahlen hatten. Sie zahlten prompt. Plötzlich war auch das möglich. Das Geld war vom Himmel gefallen. Ihm wurde angeboten, für ein lokales Anzeigenblatt zu schreiben, das kostenlos in Straßenbahnen und in Briefkästen verteilt wurde, und sie bekam einen Job über eine Agentur, die Events bei Filmpremieren organisierte. Jeden Donnerstag, wenn das Kinoprogramm wechselte, zog sie sich ein Kostüm an und machte sich zum Narren. Doch die Menschen jobbten auf viel schlimmeren Stellen, sie machten sich zu doppelt so großen Narren, Affen, Ochsen, Anzeigetafeln, Schuhabstreifern, Regenschirmhaltern, Garderobenständern, Putzlappen, Bürsten und anderen Gebrauchsgegenständen, oder sie hatten gar keinen Job, wühlten in Mülltonnen herum und schimpften vor sich hin, und dann verreckten sie einfach, ohne viel Aufsehen. Sie waren noch nicht dran, doch sie hätten leicht die Nächsten sein können, denn schon am nächsten Tag könnte das Wetter umschlagen, es könnte Äxte und Heuschrecken regnen, und sie würden ohne Geld und ohne irgendjemandes Gnade aufwachen, hungrig und wütend wie Bären, es könnte andererseits auch etwas Schönes und vollends Unlogisches geschehen, denn die Wege des Herrn sind wirklich unergründlich, deshalb beobachteten sie voller Optimismus den Himmel, der sich oberhalb ihres Balkons erstreckte, gaben Geld aus, solange sie noch etwas hatten, und dankten Gott für jenen närrischen Blödsinn, der sich jeden Donnerstag abspielte.

Je nach Bedarf verwandelte sie sich in eine Außerirdische, in einen Pandabären oder in Draculas Braut mit schwarz bemalten Augenlidern und Reißzähnen aus Plastik, sie bekam ihre Anweisungen, einen Gutschein für kostenloses Popcorn und postierte sich vor dem Stehplakat, auf dem die Namen der Sponsoren aufgelistet waren. Dorthin wurden die geladenen Gäste geführt, und sie sollte ihnen für ein Zeitungsfoto die Zähne in den Hals rammen. Sie fletschte das Plastikgebiss, machte Glupschaugen und biss zu. Das hätte lustig sein sollen, vor allem, als man ihr den Präsidenten brachte. Er kam in Begleitung seiner Gattin und eines Leibwächters, nachdem die Polizei den ganzen Saal durchsucht, die Personalien aller Mitarbeiter geprüft und alle Öffnungen in den Wänden versiegelt hatte. Man setzte ihn auf den dafür vorgesehenen Stuhl, er lockerte seine Krawatte und zog den Kragen etwas nach unten, machte einen dummen Scherz, über den das ganze Foyer lachte, und sie beugte sich zu seinem Ohr, zu seinem Hemd, zu dem orangefarbenen Puderstreifen an seinem Kragen, schluckte ihre Spucke herunter, riss den Mund auf und begann so zu tun, als würde sie sein Blut saugen, wobei sie auf das erlösende Zeichen der Fotoreporter wartete. Das Foyer lachte noch immer, während er ihr zu ihrer Rolle gratulierte und seine verschwitzte rechte Hand ausstreckte, die er in der nächsten Sekunde zurückzog und im Ärmel seines Sakkos versteckte. Er ging in den Kinosaal, bevor sie irgendetwas erwidern konnte. Er hatte ihre Hand nicht einmal gedrückt, er hatte nur seinen Schweiß an ihrer Hand abgewischt. All das dauerte nicht länger als eine Minute, doch er schaffte es, ihr die Botschaft zu überbringen, dass auch er nur ein Mensch sei, dass auch seine Schläfe, sein Hemd und seine Hände verschwitzt sein können, dass auch er es satthabe, den Idioten zu spielen beziehungsweise seinen Job zu machen, dass er keine Geduld mehr habe zuzuhören, was das Volk ihm eventuell zu sagen wünsche, zum Beispiel das, was sie ihm sicher sagen wolle, und was könne das schon anderes sein, als dass nichts gut sei und auch nichts besser werde, weder für sie noch für ihn, da er früher oder später werde erklären müssen, wohin die Menschen, die Fabriken und das Geld verschwunden seien, womit er die unzähligen Empfänge, Flugzeuge und vielen Vorteile verdient habe, was zum Teufel er die ganze Zeit getan habe, wenn er sich nicht einmal eine anständige Antwort darauf ausdenken könne, und ob er wirklich glaube, etwas Sinnvolles zu tun, indem er seine rechte Hand wie einen toten Fisch überall herumreiche, so auch ihr hinhielt, einer Schauspielerin, wobei er auf hygienischen Abstand bedacht war. Sie konnte eindeutig die Panik hinter seinen Gesten und seinen albernen Scherzen erkennen. Das war seine Botschaft.

Wer arbeitet, der macht Fehler.

Er macht Fehler, arbeitet aber weiterhin.

Doch eines Tages wird abgerechnet.

Es wird abgerechnet, oder vielleicht auch nicht.

Auf alle Fälle lachen die Menschen – man weiß ja nie, wohin das führt.

Während des Empfangs wusch sie sich die Schminke in der Toilette ab, sie wusch sich auch die Achseln und zog sich um. Hinter dem Sponsorenplakat tauschte sie das Kostüm gegen einen Umschlag mit ihrem Honorar, wobei sie sich bemühte, nicht schäbig zu wirken. Sie stopfte den Umschlag tief in ihre Tasche, presste die Tasche an den Körper, schlug sich durch die Menschenmenge im Foyer und fuhr mit der Rolltreppe ins Erdgeschoss. Die Glastür glitt von alleine auseinander, und draußen war es schon Freitag geworden, es war schon nach Mitternacht, die Straßenfeger kehrten die Straße, und Gott, noch immer blind für das menschliche Leiden, streute Blüten auf die Bürgersteige.

Heute Abend würde sie die Königin aus einem historischen Film spielen, der man am Ende den Kopf abschlägt. Man puderte ihr Gesicht, Hals, Schulter und Dekolleté, befestigte einige Unterröcke unter dem Kleid, stülpte ihr eine Perücke über das Haar, trug ihr ein schwarzes Muttermal auf und pflanzte sie vor den Eingang zum Kinosaal, wo sie Sponsorenflyer verteilen und auf Französisch grüßen sollte, wobei sie darauf achten musste, dass ihre Perücke nicht verrutschte, dass sie das Kleid nicht zerriss und dass ihr Akzent so gut wie möglich klang. Nach der Vorstellung sollte sie sich rechtzeitig vor dem Plakat mit dem Logo einer Handelskette einfinden, die unter dem Motto Willkommen an der europäischen Tafel Wein, Käse und Wurst für die Premiere spendiert hatte. Man würde sie dort zwischen zwei himmelblauen und mit gelben Sternchen besprenkelten Fahnen positionieren, ihr ein Tablett mit Häppchen in die Hand drücken und dann einige Ventilatoren anstellen, und wenn die Fahnen zu flattern beginnen würden, wobei sie so etwas wie einen Schiffsrumpf formten, sollte ihr Körper die Galionsfigur am Bug des Schiffes bilden, um dann, getrieben vom Wind in den Segeln und gemeinsam mit den gesättigten Menschen auf dem Deck, das Schiff nach Westen auszurichten, in Richtung Zukunft, zu einem besseren Morgen, das, jedes Missverständnis war zu vermeiden, morgen tatsächlich beginnen würde, mit einer kostenlosen Grillparty und einem kulturell-künstlerischen Programm auf dem Hauptplatz der Stadt, das seinen Höhepunkt in der spektakulären Zeremonie des Beitritts in die Europäische Union erreichen würde, in der die versammelten Staatsmänner bestätigen würden, dass wir endlich jenes metaphorische Schiff bestiegen haben, dass nach einem beschwerlichen und dornigen Weg ein kollektiver Traum verwirklicht wird und dass wir nun endlich aufwachen sollten.

In der Zwischenzeit kann sie machen, was sie will, auf den Sofas im Foyer herumchillen, die Trailer der kommenden Blockbuster - kurze Sexszenen und brennende Autos - anschauen, außerdem Großaufnahmen von Schauspielerinnen, die ins Leere starren und zu weinen versuchen, und sie fragt sich, ob sie wäre, wo sie jetzt ist, wenn sie diese Szenen besser spielen könnte, und sie spricht mit sich und bittet sich, etwas umsichtiger mit sich selbst umzugehen und nicht mehr solche Fragen zu stellen, da es auf der Welt nur so wimmelt von viel schlechteren Darstellern, die mittelmäßiger sind als sie und die über viel weniger Talent verfügen und die alles dafür geben würden, um mit ihr tauschen zu können, vor

Langeweile zu sterben und sich selbst zu verachten, und damit auch noch Geld zu verdienen. Und die historischen Filme wollen und wollen nicht enden. Es muss noch eine Revolution gemacht, die Aristokratie hingerichtet, die neuen Kader müssen zusammengestellt, das alte Regime installiert werden, natürlich unter neuem Namen, um so den Kreis zu schließen, und erst dann kommt das Pinkeln und danach der Empfang.

Sie könnte eine Zigarette in der Toilette rauchen. Die Rauchmelder sind außer Betrieb. Sie erforscht die Graffiti in der letzten Klokabine auf der rechten Seite und raucht eine nach der anderen. Sie stellt sich ein reichlich beladenes Schiff vor. Und eine Eisscholle, die den Schiffsrumpf durchbohrt, ferner einen Stahlträger, der gegen den Treibstofftank knallt und so ein Feuer verursacht und eine gigantische Welle, die die Passagiere vom überfüllten Deck fortreißt, und den Morgen danach. Die glücklichen Überlebenden werden sich bald auf derselben Liste des Arbeitsamts finden, auf der auch sie steht. Dort treffen sich am Ende alle. Dort trinken sie dann einen Kaffee aus dem Automaten, klagen und schimpfen, stellen gemeinsam fest, dass man sie an der Nase herumgeführt, verarscht, bestohlen und vergessen hat, und dann geht es ihnen ein wenig besser, da sie nicht alleine untergehen, gemeinsam mit ihnen geht der ganze Staat unter. Das klingt jetzt lächerlich, vor allem aus der Perspektive einer Königin, die man wegen ähnlicher Vergehen einen Kopf kürzer gemacht hat.

WIR BRAUCHEN GAR NICHTS - MAN HAT UNS ALLES VERSPROCHEN!

So steht es an der Toilettentür.

Sie könnte bis übermorgen über diesen Spruch grinsen, wenn sie nicht die Stampede der Schuhabsätze, die durch die Menschenmenge einen Korridor zu den Waschräumen trampeln, und den auf Klobrillen sprühenden Urin hören würde. Sie drückt die Zigarette aus und verlässt das Klo, vorbei an Spalier stehenden Modeschmuckstücken, Täschchen und Jäckchen, die eine Pinkelwarteschlange bilden. Sie bleibt kurz stehen, obwohl sie es eilig hat, sie bleibt stehen und sieht sich um, sie glaubt, gehört zu haben, wie jemand ihren Namen ausspricht, als erwarte sie, dass sie ausgerechnet jetzt jemand am Ärmel ziehen und fragen werde, was sie hier tue, hinter dieser dämlichen Maske, wozu sie dieses Kleid und dieses Muttermal nötig habe und was in Gottes Namen mit ihr passiert sei, seitdem sie von der Erdoberfläche verschwunden sei und sich in das Bühnenbild mit Couch zurückgezogen habe. Es wäre schön, würde jemand sie das fragen, würde jemand sie ansprechen und ihren Blick erwidern, denn dann würde sie jenen Monolog sprechen können, den sie so lange vor den Fliesen ihrer Küche einstudiert hat, sie würde zeigen, wie souverän sie den offensichtlichen Stand der Dinge negieren kann, vor allem den Zustand ihrer Verkleidung, sie würde einfach so tun, als wäre ihr das völlig gleichgültig, als trüge sie eine Jeans, sie würde antworten, dass sie Wichtigeres zu tun habe, dass sie geatmet und meditiert, Yoga trainiert, Dante gelesen und an sich gearbeitet habe, sie könne zwar tatsächlich die monumentalen Ergebnisse dieser Arbeit niemandem zeigen, aber diesen Umstand würde sie lässig übergehen, als würde sie das nicht besonders belasten, denn sie zweifele nicht, dass auch ihre fünf Minuten irgendwann einmal kommen würden, wenn auch mit einer kleinen Verspätung, so wie auch der Frühling gekommen sei, und dann würde sie endlich glänzen. Sie würde liebend gerne diese Sätze aussprechen und dann mit einem unverbindlichen Lächeln das Gespräch unterbrechen und sagen, dass das eine lange Geschichte sei, was ja stimmt, denn die Geschichte ist wirklich lang und ermüdend, und es ist wenig wahrscheinlich, dass irgendjemand sie hören wollen würde, genauso wie es wenig wahrscheinlich ist, dass irgendjemand sie ansprechen, sich nach ihrem Kleid, ihrem Muttermal und ihrer Perücke erkundigen wird, nach ihrer Gesundheit oder nach ihrem Leben, denn ein solches Leben interessiert niemanden, dieses Kostüm fasziniert niemanden, eine derartige Rolle wird nicht mit Applaus bedacht, für derartige Gespräche fehlt es an Gnade und an Zeit, vor allem jetzt, da man die Sandwiches auf die Tische stellt und da jeder die eigenen Lippen und Wimpern in den Spiegeln an den Wänden prüft, in welchen sie nun ihren gepuderten Kopf in der Menge ähnlicher gepuderter Köpfe sehen kann, wobei sich allerdings ihr Kopf auf groteske Art vom Rest dieser kosmetischen Szene abhebt, denn er ist blasser, größer und unpassend traurig, außerdem ist er so schwer geworden, dass sie ihn kaum auf ihren Schultern tragen kann, sie spürt, wie ihn die innere Last nach unten zieht, und es ist nur noch eine Frage der Zeit, wann er unnatürlich zur Seite kippen und abgetrennt auf die Bodenfliesen stürzen wird.

Wie im Film.

Der Kopf fiel auf den Scheitel und rollte unter ein Waschbecken, ohne einen Tropfen Blut und ganz geräuschlos, doch anstatt ihn schleunigst aufzuheben, drehte sie ihm einfach den Rücken zu und ging weiter, als würde sie all das überhaupt nicht wundern, als wäre es völlig normal, dass ein Körper ohne den eigenen Kopf läuft und Dinge tut, die sein Kopf lieber nicht tun würde, nicht einmal für einen Umschlag mit Geld. Sie trippelte eifrig zu den Fahnen im Foyer, nahm brav die abgesprochene Pose ein und segelte direkt in die Hölle. Sie wehte eine volle Stunde und noch länger mit dem Wind in den Segeln, ohne vom Fleck zu kommen, mit dem idiotischen Tablett in den Händen, bis man die Ventilatoren abstellte und die Gläser geleert hatte, und dann sagte man ihr, dass heute Freitag sei und dass sie nach Hause gehen könne, dass nächste Woche keine Premiere stattfinden würde und vielleicht auch in der Woche darauf nicht, doch sie möge sich keine Sorgen machen, denn man würde sie im Auge behalten und sie anrufen, sobald sich erneut eine Gelegenheit ergeben würde. Erst dann holte sie ihren Kopf, der noch immer auf dem Boden der Toilette lag, zertreten von Schuhsohlen und beschmutzt von benutzten Papiertüchern, die an seinem Gesicht klebten, in Richtung Tür blickend, zu all diesen feinen Menschen, die mit irgendwelchem ganz anderen Blödsinn beschäftigt waren und die ihre Wenigkeit vermutlich gar nicht unter ihren Füßen bemerkt hatten, diesen verlassenen Kopf, der sie von unten betrachtete, und die sich ganz bestimmt nicht gefragt hatten: Kommt es uns nur so vor, oder weint dieser Kopf wirklich?

Sie hatte einen beschissen schweren Tag hinter sich.

Sie brauchte ihm nichts anderes zu sagen. Sie fand ihn in der Küche, wo er die Daten zum Wasserverbrauch in den städtischen Springbrunnen verglich und einen Zeitungsartikel entwarf. Sie streichelte mit ausgestreckter Hand ihren Nacken, und ihm war sofort alles klar. Ab morgen ändert sich die Wetterlage. Ein neuer Bürgerkrieg beginnt. Er wird einen Helm und eine schusssichere Weste brauchen, denn er wird wieder an allem schuld sein. Doch da gibt es keinen Ausweg, er weiß es schon jetzt, während er versucht, sie in seine Umarmung zu fangen, und während er sie wie einen Besen oder einen Stuhl oder einen ausgetrockneten Baum festhält und während er ihr ins Ohr flüstert, dass sie nicht so arm seien, denn sie hätten Beine und Arme und Herzen und Geschlechtsorgane, sie hätten auch jene Couch, und das reiche doch, um etwas für sich zu tun, tüchtig zu ficken und dann zu schauen, ob die Dinge danach anders wirken würden, denn so wie er das sehe, sei das Geld kein Problem, es gäbe so viel Geld, dass es hinausgeworfen würde, oder besser gesagt, das Geld würde hinausgegossen in die Springbrunnen, das zeigten die Daten, die er gesammelt habe, und nach dem Gesetz der Wahrscheinlichkeit würden auch sie einige Tropfen davon abbekommen. Doch seine Beteuerungen darüber, dass es sich um geprüfte Tatsachen handele, dass das Geld fließe und das Ficken heile, waren vergeblich, denn sie hatte daran kein Interesse, sie hatte kein Interesse an irgendetwas, sie hatte einen schweren Donnerstag gehabt, wie oft musste sie ihm das noch sagen? Sie beugte sich aus dem Fenster und hing über dem Garten des Nachbarn, während er ungeschickt von hinten ihre Brüste in seinen Händen hielt, und natürlich war er kein Idiot, natürlich hatte er gehört, dass sie keine Lust hatte, das musste sie ihm nicht noch einmal sagen, aber er durfte sie nicht loslassen, er durfte sich nicht von ihr entfernen, denn er spürte, dass sie schon wieder fallen könnte.

9.

SO HING SIE AM FENSTER, einige Nächte hintereinander, und versuchte sich auf die Mathematik zu konzentrieren, eine Kalkulation durchzuführen, in der das Addieren einer Null mit einer Null eine positive Summe ergibt, und darüber nachzudenken, was sie morgen, übermorgen und für den Rest ihres Lebens tun würde, ein Leben, das voranschritt, auch wenn es kein Ziel gab, es wälzte Gegenstände, Menschen und Fußböden vor sich her und zermalmte sie, als wären sie aus Gips, und es gab kaum eine Chance, dass es dieses Mal nicht über sie hinwegrollen würde. Das zeigte die Statistik. Die Prozentzahl der Bürger, die von Luft leben, hat die fünfzig überschritten, die Streichung sozialer Zuwendungen wurde angekündigt, genauso wie neue Budgetkürzungen und Entlassungen sowie die Einführung der Steuer auf Laufen, Atmen und Verdauen. Ganz im Ernst. Es nutzt nichts, dass sie ihre Gürtel bis zum Durchmesser einer Halsschlinge enger geschnallt haben, denn auch andere haben das getan, und dennoch sind sie Opfer des defizitären Marktes geworden, physisch am Leben, aber ökonomisch tot, man kann sie sehen, wie sie durch die Straßen schleichen, eingewickelt in rote Schwangerschaftsmäntel, die sie im Müll gefunden haben. Und sie muss keine Schuldgefühle haben, weil sie für sie weder Kleingeld noch Mitgefühl hat und weil sie den Blick abwendet, wie von einem Fernsehbericht über eine Naturkatastrophe, denn es handelt sich um etwas Vergleichbares, um eine Folge starker seismischer Wellen, die jedoch für natürlich gehalten werden, und deshalb kann man dafür auch keine Entschädigung beantragen.

Ein Mensch ohne Haus ist eine alltägliche Erscheinung.

Genauso wie ein Mensch ohne Arbeit. Und auch wie ein Mensch ohne Kopf.

Wozu braucht der Mensch einen Kopf?

Die Null widersetzt sich sowieso dem Addieren, der Fantasie und jeder anderen Meditation. Deshalb bemüht er sich auch nicht, er betrachtet nur den Riss in der Wand und die Ruine hinter dieser Wand, die aufgrund eines ähnlichen Risses entstanden ist, er schaut der Fäulnis zu, die sich über diese Reste ausbreitet, dem langen Prozess der Genesung, die er erfolglos zu imaginieren versucht, und er raucht. Er stützt sich auf beide Ellenbogen über den Aschenbecher voller Kippen, bläst Rauchkringel und betrachtet ruhig den Spalt, der sich in das Parkett hineingefressen hat, und auch die Decke könnte ihm auf den Kopf fallen, ohne dass er sich überhaupt bewegt. Sie wird ihm erneut sagen müssen, dass das nicht so weitergehe, dass es höchste Zeit sei, etwas Konkretes zu unternehmen, seinen Arsch in Bewegung zu setzen, eine Niere zu verkaufen, in ein Wettbüro zu gehen oder zumindest die Feuerwehrleute zu rufen, woraufhin er nicken wird, als wäre er einverstanden, als würde er wirklich aufstehen, das Joch zwischen Küche und Wohnzimmer überspringen und schlafen gehen wie ein rationaler Mensch, der nichts gegen das Erdbeben unternehmen kann. Und wie logisch auch immer das sein mag, Tage später wird er ihr Rechenschaft für diese Geste ablegen müssen, denn sie wird ihm schon am nächsten Tag vorwerfen, er habe sie ausgerechnet in jenem Moment, in dem die Fundamente, das heißt die Nerven, nachließen, allein gelassen, sodass sie sehr konkret gespürt habe, wie ihr der Boden unter den Füßen entglitten sei, weshalb sie dachte, dass sie zusammen mit den Möbeln in die Erde versinken würde, sodass die Nachbarn ihnen wieder Zettel im Briefkasten hinterlassen würden, mit Drohungen, dass sich der Krach, den sie verursachten, nicht mehr ertragen ließe und dass sie die Polizei rufen würden. Sie wird ihn wie seine Verzweiflung auf Schritt und Tritt verfolgen, während er seine Socken anzieht, während er sich wäscht, während er pinkelt, sie wird an der Badezimmertür kratzen und durch das Schlüsselloch jammern, dass sie die ganze Nacht die Risse im Boden geflickt habe und die Küche zusammengefügt, indem sie die Wände mit ihrem Rücken gestützt habe, sie wird Hyperbeln und Metaphern benutzen, wobei sie mit seiner genauen Interpretation rechnen wird, damit, dass er hoffentlich versteht, dass sie beinahe verrückt geworden ist, dass sie Lust verspürt hat, sich an der Schlinge einer Null aufzuhängen, durch das Fenster zu springen und genauso wie er etwas Logisches zu tun, auch wenn damit zusätzliche Arztkosten entstehen würden, aber sie hat es nicht getan, und er müsste ihr dankbar sein und ihr nicht die Tür vor der Nase zuknallen, sie hatte es seinetwegen nicht getan und auch wegen des Kindes, wegen der Liebe, die aus reinem Gold erschaffen ist, sodass sie sie verpfänden könnte, bis sie einen Ausweg aus dieser Scheiße gefunden haben und bis sie eine Stelle in ihrem Beruf gefunden hat, womit sich endlich die Jahre der größten Mühen auszahlen würden, in denen sie sich umsonst in fremde Leben eingefühlt und Rollen eingeübt habe, die allesamt größer, lauter und universeller waren als die, die sie selbst jetzt verkörperte, sie hat diese Rollen früher auswendig gelernt, vorsorglich für den Fall, dass sie sie eines Tages brauchen könnte, sollte sie jemals die Gelegenheit bekommen zu zeigen, wie sie in ihrer schauspielerischen Kunst über sich selbst hinauswachsen, sich selbst überbieten und vervielfältigen kann, wie sie zu einem Symphonieorchester werden kann, zu einem Pressluftbohrer, zu einem Feuer im Theater, was natürlich nie jemand von ihr verlangte, nein, man schlug sie in die Bühne wie einen Nagel in ein Brett, man machte sie klein, indem man ihr Aufgaben zuteilte, die auch ein Affe im Zirkus bewältigen würde; ausrutschen, hinfallen, den Schlüpfer zeigen und die Beine so lange in die Luft halten wie nur möglich, wobei sie nicht einmal verheimlichten, dass es sich um einen Zirkus handelt, dass sie sich nicht mit Kunst beschäftigen, sondern mit exakter Wertschöpfung: wie viel Publikum kann man pro Vorstellung gewinnen, oder anders ausgedrückt, wie viel Geld kann man pro Schauspieler herausschlagen. Oder pro Affe. Sie beteuerten ihr gegenüber, dass auch das Publikum Kunst nicht ertragen könne; all diese Hinterfragungen, Zweifel, übertragenen Bedeutungen und offenen Enden, dass das Publikum kein Interesse daran habe, was man mit dem Herzen oder mit Worten, sondern vielmehr, was man mit dem Arsch und mit bloßen Händen anstellen kann, dass genau das die Seele des Publikums erobere, und deshalb spielte sie auch nur mit dem Arsch und mit den Fäusten, sie betrat die Szene wie einen Hinrichtungsplatz und konnte kaum abwarten, dass die Vorstellung zu Ende geht, umgeben von Kollegen, die unter dem gleichen Fehler litten, die auch auf Befehl Affen, Clowns oder Besoffene spielten, tatsächlich wurden sie häufig dazu, sie brüllten und bespuckten die ersten Reihen, stolperten über die eigenen Füße, wedelten mit den Armen und ohrfeigten sich selbst, genauso wie man es von ihnen verlangte, wobei sie sich mit dem Gedanken trösteten, dass der Blödsinn, den sie dem Volk zeigten, genau der Blödsinn sei, den sich das Volk wünscht, denn das Volk liebt es, einen saftigen Fluch und eine schallende Ohrfeige zu hören, das Volk liebt es, wenn jemand heftig stürzt und sich den Hals bricht, es zahlt nicht für eine Eintrittskarte, um den Geist zu nähren und sich die Brust zu zerreißen, sondern um über das Unglück der anderen zu feixen, um sich an blauen Flecken zu ergötzen, um den Idioten zuzuschauen, die vielfach ärmer dran sind als man selbst, und um am Ende den Zuschauerraum in der Überzeugung zu verlassen, dass es einem in der eigenen Haut doch ganz prächtig geht.

Auch sie hatte daran mitgewirkt, das Volk zu betrügen, bevor er ihr das Kind machte und auf die Couch zog, bevor sie auf den Gedanken kam, dass Liebe alles ersetzen kann, sodass sie den Vertrag kündigen und auf eine bessere Chance warten könnte, auf ein Wunder, das sie dann dreifach in Rechnung stellen könnte, jene magischen fünf Minuten, die sie erfüllen und beflügeln würden, sie würde herausfliegen aus ihrem Kostüm wie eine Taube aus dem Hut des Zauberers, sie würde in der Luft einen Salto schlagen und es allen zeigen.

Scheiß drauf.

Es ist am besten, sowohl der Küche als auch der Couch den Rücken zuzudrehen und sich auf solide Konstruktionen zu konzentrieren; die dicken Klostermauern, das fest eingegrabene Kruzifix auf dem Weg zur Kapelle, die tief eingepflanzte Blaue Atlaszeder, die der Nachbar gerade gießt, was er ihnen vermutlich später in Rechnung stellen wird. Doch sie sollte ihm das in aller Christlichkeit vergeben, denn die Schlaflosigkeit des Nachbarn ist womöglich schlimmer als die ihre, er kann seinen Kopf nicht nach Bedarf abnehmen und wieder anbringen, sondern er muss ihn vierundzwanzig Stunden täglich ertragen, und wenn ihm der Kopf befiehlt, vor das Haus zu gehen, dann zieht er wirklich die Hose über seinen Pyjama und prüft mitten in der Nacht, ob jede Knospe noch am Zweig ist und ob alle Knospen vollzählig sind, ob die Vandalen, die im Dunkeln in den Müllcontainern wühlen, nicht aus purer Bösartigkeit die Bäumchen abgebrochen und die Blumenbeete zertrampelt haben, da sie einfach genervt sind, weil er anstelle der Kartoffeln Blumen gepflanzt hat, da sie alles hassen, was nicht essbar und zudem noch schön ist, alles was wächst, gedeiht und blüht, während sie kaum die paar Groschen aufbringen, um sich Brötchen zu kaufen. Auch der Nachbar weiß, dass das Volk keinen Wert auf Ästhetik legt, und auch, dass dem Volk sein Nächster völlig egal ist, das Hab und Gut des Nächsten und auch sein Garten, und deshalb reicht es dem Nachbarn, wenn er hört, wie der metallene Müllcontainer laut ächzt und sich erneut jemand an seinen Innereien zu schaffen macht, er schnellt dann aus dem Bett und geht auf Patrouille, so wie er es während des Krieges getan hat, damals, bewaffnet mit einer Pistole anstelle eines Wasserschlauchs, er kontrollierte, ob sich alle an die Verdunklung hielten, und er schoss in jene Fenster, durch deren Rollos Licht nach außen drang. Nicht ein einziges Mal zweifelte er an seiner heiligen Mission, daran, dass er Teil eines höheren und bisweilen unverständlichen Plans sei, in dem es keine Fehler und keine Zufälle gibt und nach dem der Mensch nur das bekommt, was er verdient hat, und wenn es sein muss, auch eine Kugel durchs Fenster, das ist der Wille Gottes, und er glaubte genauso wie heute, dass er auf der Seite der Schwachen und Ohnmächtigen steht, die sich nicht selbst schützen können, denn der Mensch stürzt ab und steht wieder auf, der Mensch wird bespuckt und kann sich waschen, der Mensch blutet, doch die Wunde heilt, während die Blumen aus eigener Unschuld umkommen können, nur deshalb, weil sie still wachsen und leicht gebrochen werden können. Ginge es nach dem Nachbarn, dann würden die Menschen keine Kinder bekommen, sondern Tulpen und Rosen züchten. Es würde weniger Leid und Elend auf dieser Welt geben, weniger arme Menschen, die die Ökonomie untergraben und den anständigen Arbeitern ihr Brot wegfressen, weniger derartige Vandalen, die Stöcke mit Haken benutzen, um die Scheiße aus den Containern herauszufischen und auf dem Parkplatz zu verstreuen.

Abfall, sagt der Nachbar.

Er denkt dabei nicht an Plastik, Tetrapaks und den matschigen Rest von irgendetwas, er denkt an den menschlichen Abfall, den man mit einem Wasserschlauch von der Straße spülen sollte. Bis alles fort ist. Doch der Nachbar irrt, der Mensch gleicht nicht der Scheiße, in der er herumwühlt, man kann ihn nicht mit Wasser fortspülen, der Nachbar irrt, wenn er hofft, dass der Mensch ihm, sollte er ihn tatsächlich nass spritzen, den Wasserschlauch nicht in den Arsch rammen würde, denn er hat ihm das schon zwei, drei Mal angekündigt, er hat ihn gewarnt und gebeten, dieses beschissene Wasser abzuschalten und sich um seinen eigenen Kram zu kümmern, doch der Nachbar hörte nicht auf die Stimme der Vernunft, sondern auf die dümmlichen Überlegungen seines eigenen Kopfes, der mit der Hilfe einer höheren Macht rechnete, die dem Willen jenes höheren Plans innewohnt, und er sah auch den am Hang des Klostergartens gekreuzigten Jesus sowie die Augen in den Fenstern des Mietgebäudes, in dem sie wohnten, woraus er dummerweise schloss, dass ihn Gott vor so vielen Zeugen bestimmt nicht allein lassen würde.

Doch er hätte sich darauf besinnen sollen, dass Gottes Hände mit Nägeln fixiert sind und dass er ihm nicht einmal beim besten Willen helfen konnte, während die anderen das gar nicht wollten, nicht einmal im Traum, ihnen waren die Pflanzen des Nachbarn genauso egal wie sein Arsch, so wie ihm ihre kaputt geschossenen Fenster egal waren, die anderen sorgten sich nur um das viele Wasser, das weiterhin auf den Asphalt sprudelte, doch da die Verantwortlichkeit kollektiv war, verließ sich jeder darauf, dass ein anderer es abdrehen würde.

Der Nachbar benahm sich würdevoll, er verstummte, als sie ihn fassten, und ergab sich kampflos. Vielleicht wollte er vor den anderen Nachbarn den feinen Herren spielen, für den er sich tatsächlich hielt, oder er erwartete wirklich, dass ein Blitz aus dem Himmel die Hände in Asche legen würde, die ihn an Gürtel und Kragen packten, ihn über den Parkplatz zerrten und in den Container warfen, als wäre er ein weiterer stinkender Sack. Sie ließen ihn mit dem Kopf nach unten fallen, sodass er in den Schleim am Boden des Containers eintauchte, während er mit seinem ganzen Körper den Inhalt verdrängte, der in alle Richtungen flog. Er drehte sich um, kniete sich hin, um nicht zu ersticken, und griff von Panik erfüllt nach dem Rand des offenen Containers. Er hielt Augen und Mund fest geschlossen, da eine widerliche Masse sein Gesicht entlangfloss, eine Masse, die man mit Worten nicht beschreiben kann, und als man ihm mit dem Haken auf die Brust schlug und den eisernen Deckel des Müllcontainers auf seine Finger fallen ließ, empfand er es als besonders schmerzhaft, dass er diesen Schleim, da er kurz aufschrie, schlucken musste. Sie schoben den Container an einen Abhang, an dem sich Häuser aneinanderreihen, die zur Straßenkreuzung führen, von der man weiter zum Stadtzentrum fährt, sie bedachten seine Mutter und seine Schwester mit wenig schmeichelhaften Flüchen und ließen ihn den Hang hinabrollen. Sie wussten nicht, was sie tun. Und obwohl diese biblische Weisheit sie nicht von Schuld befreit, entsprach sie der Situation, denn der Nachbar kniete mit hochgereckten Armen dort, seine Finger eingeklemmt, mit einem symbolischen blauen Fleck in der Herzgegend, erniedrigt und verlassen, sodass er, als die Tüten voller Scheiße wie in einer Lotto-Trommel herumzuwirbeln begannen, die Räder des Containers in volle Fahrt kamen und der Lärm intensiver als der Gestank wurde, wusste, was folgen würde, er glaubte es zwar nicht, aber er wusste es: Er würde durch Rot rasen, ein Auto würde scharf bremsen, Eisen auf Eisen schlagen, und die Blumen und die Blauen Atlaszedern würden wenig später eingehen. Der Mensch wird ermordet, aber er kann auferstehen, so sagte er zu sich selbst, und es tat weniger weh.

Und während der Nachbar also seinem abschüssigen Schicksal entgegenrollte und die Engel bereits über der Straßenkreuzung frohlockten, betrat sie leise das Zimmer, in dem das Kind und der Stoffhase schliefen, um den Mann zu suchen, der im Halbdunkel lag. Er war noch immer wach, die Arme hielt er gekreuzt hinter dem Kopf, und er starrte die glatte Oberfläche der Zimmerdecke an. Es gibt keinen einzigen Riss mehr, flüsterte er, als sie in das Zimmer kam. Keinen einzigen, bestätigte sie und legte sich ganz nahe an ihn, wobei sie sich wunderte, dass wirklich nur ein wenig Grausamkeit notwendig war, um die Wände zu heilen und um den leeren Kreis der Null mit einer Hoffnung zu füllen, sehr wenig, es reichte nur ein flüchtiger Blick auf jemanden, dem es ungleich schlechter ging, und man fühlte sich schon viel besser in der eigenen Haut.

10.

DU SCHLIESST DIE AUGEN UND SACKST immer tiefer ab, mit jedem Seufzer sinkst du Meter für Meter mit der Geschwindigkeit eines Körpers im freien Fall herab, du hörst das Sausen deines Blutdrucks in den Ohren, den schwachen Widerstand der Leere unter deinem Rücken, und dann zerstreust du dich auf der Couch. Tiefer geht es nicht. Die Höhe, aus der du fällst, könnte man mit der obersten Etage des höchsten Wolkenkratzers der Stadt vergleichen, dort, wo der Vorstand der Handelskette tagt, für die deine Frau einst Werbespots gedreht hat, von oben sieht man sehr schön die Grenzen der Vororte, die Halsschlagadern der Autobahn, die in die Wohnsiedlungen eindringen und sich in den Schlafburgen aus Beton verzweigen, sowie die südliche Zufahrt zum Stadtzentrum mit einer spektakulären Flucht von Springbrunnen, die darauf programmiert sind, Farben und Wasserformen zu wechseln. Der Blick verrät nichts Besonderes, nur dass die Menschen, wenn man sie aus einer erhöhten Perspektive betrachtet, wirklich Ameisen ähneln, die allzu groß sind, und ihr Wert dem Wert eines Brotkrümels entspricht, der sowieso das Einzige ist, was ihnen bleibt, wenn man die Kosten für die Springbrunnen von ihren Gehältern abzieht. Er hat das alles viel besser in seinem Zeitungsartikel erklärt, wobei er den undurchsichtigen Fluss der Investitionen durch neu gebaute Wasserröhren in allen Details analysiert hat, er verglich ihre reale Länge mit den fünfmal höheren Kosten für das in Rechnung gestellte Material, er benannte die Familienbeziehungen zwischen Auftraggebern und -nehmern, auf einer Karte markierte er die dichte Anordnung der schwarzen Löcher in den Finanzberichten, die zwanzig Millionen an Steuergeldern aufgesaugt haben, wozu die Ameisen ihr sanftmütiges Einverständnis erteilten. Du dachtest, dass du endlich etwas Anständiges und Sinnvolles tust, im Namen der Gerechtigkeit, im Namen des Honorars, mit dem du die Miete bezahlen und das nächste Erdbeben in der Küche verhindern wirst, immer wieder riefst du den Chefredakteur an, du langweiltest seine Sekretärin, du erwartetest Entlohnung für deine Überstunden und für die übererfüllte Norm, für die Tonne Geröll, die du an die Oberfläche befördert hast, du hast die Erde vom Schmutz getrennt und alles zu einer lesbaren Struktur angeordnet, chronologisch und namentlich, du hast immer wieder angerufen, überzeugt davon, dass es viel leichter sein würde, den Text zu veröffentlichen, als diesen ganzen Müll aus den Wasserleitungen herauszubekommen, und dann hast du schließlich deine Schaufel stolz in die Hand genommen und an die Tür der Redaktion geklopft. Du bist dort levitierend eingetroffen, getragen von Tatendrang, wie ein Vogel, dessen Flügelspannweite zwei Meter beträgt, dessen Gehirn zehn Gramm wiegt und der überzogen ist mit Flaumfedern; seltsamerweise warnte dich nichts davor, dass du auf einem Ast landen würdest, den du in der Zwischenzeit eigenhändig durchgesägt hattest, oder besser gesagt, dass du in die Grube fallen würdest, die du dir selbst gegraben hattest. In der Redaktion überreichte man dir ein frisch gedrucktes Exemplar des Anzeigenblattes, du blättertest es ungeduldig durch, von vorne und von hinten, mit dem Finger bist du über alle Titel, Untertitel und über alle Anzeigen gefahren, ganz sorgfältig, du hast erfahren, dass an diesem oder jenem Tag endlich das öffentliche Parkhaus eröffnet wird, begleitet von dem Programm eines Tamburizza-Orchesters, weiter dass es eine Ausschreibung zur Umwandlung der öffentlichen Toiletten am Hauptplatz in ein Aquarium gibt, und schließlich dass dein Text nicht gedruckt wurde und dass er auch nie veröffentlicht werden wird, dass der Redakteur zu beschäftigt ist, um dich zu empfangen, und dass er nicht wünscht, von dir gestört zu werden, weder heute noch morgen noch überhaupt irgendwann, da er keine Zeit haben wird, natürlich wird er sie nicht haben … du Dummkopf. Und irgendwo an diesem Punkt hast du die Augen geschlossen und dich der guten alten Couch überlassen, doch bevor du die Nase in den Bezug gesteckt und zu weinen begonnen hast, als wärest du dein eigenes Kind, hast du noch auf dem Bürgersteig vor der Schranke zum öffentlichen Parkhaus gelegen.

Du hattest noch nicht genug.

Es lagen um die dreißig Menschen dort auf dem Boden, einer neben dem anderen, mit dem Gesicht zum Himmel, wie am Strand, es war hell, an einem Drahtnetz, das den Durchgang zwischen den Häusern überspannte, baumelte eine alte Straßenlampe. Du hattest sie noch nie bemerkt. Du konntest sie auch nicht bemerken, würde sie dir sagen, du solltest sie auch gar nicht bemerken, denn du kannst dir den Luxus nicht leisten, bei irgendwelchen Blockaden herumzuliegen und gegen die Zerstörung der Denkmäler und die Verkleinerung des öffentlichen Raums zu protestieren, als wäre das ein Kampf, den du dir gönnen kannst. Stell dich nicht dumm, würde sie sagen, denn du weißt ganz genau, dass es zwischen dem Kampf um Brot und dem Kampf um eine transparente städtebauliche Planung einen wesentlichen und vulgären Unterschied bezüglich der Priorität gibt und dass dieser zweite Kampf den ersten gefährdet, was du am Beispiel deines einzigen und nicht veröffentlichten Zeitungsartikels hättest begreifen können, mit dem du sowohl auf ein Honorar wie auch auf Gerechtigkeit abzielen wolltest, du wolltest also auf zwei Hochzeiten tanzen, anstatt dich zu entscheiden, was du dringender brauchst und wo es eher Verluste zu verbuchen gibt, ohne dabei die Tatsache zu vernachlässigen, dass einer dieser Kämpfe sowieso schon verloren und der Fall abgeschlossen ist, die Bauunterlagen legalisiert, die Dokumente unterschrieben und in Schubladen verstaut, in denen niemand mehr wühlen wird, in höchstens fünfzehn Minuten wird das Tamburizza-Orchester, das sich vor den Parkautomaten versammelt hat, in die Saiten schlagen. Man wartet nur noch auf das Eintreffen des Fernsehteams.

Sie würde den Haken des Fragezeichens anspitzen und ihn dir in den Rücken rammen: Wofür kämpfst du überhaupt?

Ihr fasst euch an den Händen, und eure Körper versperren dem Autokonvoi, der in das Parkhaus einbiegen will, den Weg. Der Verkehr wird gestoppt. Diejenigen, die geradeaus fahren wollen, hupen jenen zu, die nicht nach rechts abbiegen können. Einige der versammelten Journalisten berichten, dass der Stau vor der Einfahrt in das Parkhaus den Verkehr im ganzen Stadtzentrum lahmlegt und dass in Kürze mit dem Eintreffen einer Einsatzhundertschaft der Polizei zu rechnen sei. Jemand flüstert in dein Ohr, dass du nicht aufgeben sollst, ihr werdet passiven Widerstand leisten, wenn die Polizei kommt. Man wird euch zur Polizeiwache bringen, dort werden eure Personalien aufgenommen, und dann wird man euch nach Hause entlassen. Ihr werdet in den Abendnachrichten zu sehen sein. Du nickst. Natürlich nickst du nur, du Aaaaaaameise, so würde sie spöttisch kommentieren, dabei jenen Vokal zu einem schlappen Regenwurm verlängernd, der sich dümmlich wundern wird, wenn man ihn auf dem Bürgersteig zertritt, natürlich nickst du nur, da du nicht den Mumm hast, nach Hause zu gehen, den abgesägten Ast unter dem Arm, du schämst dich zuzugeben, dass du hier nur deine Zeit vergeudest, anstatt aufzustehen und zur Straßenbahn zu gehen, auch wenn deine am Boden liegenden Kollegen hinter dir herpfeifen und rufen würden, du seist ein Feigling, der bürgerliche Apathie verbreite, bestimmt würden sie sich so verhalten, denn im Unterschied zu dir werden sie nicht von Gedanken an Brotkrümel geplagt, sie denken an Konzepte, Ideen und Strategien, und sie können hier herumliegen bis zum nächsten Morgen, da sie keinen Haken im Rücken stecken haben. Nicht alle Ameisen sind gleich, und dieser Gedanke ist kompliziert und tut weh, deshalb fühlst du dich wie ein Verräter, und das hindert dich daran, dich der Welle der kollektiven Euphorie zu überlassen, die in jenem Augenblick, in dem gleichzeitig die Polizei und die Fernsehkameras eintreffen, begleitet von der Musik der Tamburizza-Spieler, die Atmosphäre in karnevalistische Höhen treibt, sodass ihr alle rot werdet vom Lampenfieber. Jetzt werdet ihr sogar anfangen zu singen. Die Einsatzkräfte werden euch in den Polizeiwagen tragen, umsichtig und ohne euch durchzuschütteln, als wäret ihr Kinder oder Kartons voller Kristallgläser. Jeder, der in den Wagen gebracht wird, wird

Platz für den Nächsten auf der Bank machen, denn ihr habt im Voraus vereinbart, wie der Fernsehbeitrag aussehen soll, in dem alle Protagonisten sich an den Konsens der demokratischen Prozedur halten und kooperativ am gemeinsamen Projekt arbeiten, was jede oberflächliche Spannung auflöst und die Kapitulation in eine Feier verwandelt. Die drei Minuten in den Abendnachrichten werden das hohe Niveau der zivilen Gesellschaft sowie ein pluralistisches, erträgliches und humanes System zeigen, in dem die Menschen singen, selbst während man sie in Gewahrsam nimmt. Doch du, du Ameise, singst nicht, dir ist nicht nach Feiern, und dir ist es scheißegal, dass man dir gegenüber die kleinstmögliche Gewalt anwendet und dir auf der Polizeiwache womöglich noch einen Kaffee anbieten wird, dir ist es scheißegal, dass deine Kollegen wegen der Medienaufmerksamkeit jubeln, mit der sie das Niveau des öffentlichen Bewusstseins um null Komma null eins Prozent heben werden, dass sie Selfies vor den Gitterstäben im Inneren des Polizeiwagens machen und sich gegenseitig in den sozialen Netzwerken markieren und dass sie sich schlapplachen, wenn drei Polizisten auf halbem Weg zum Einsatzwagen einen Dicken ablegen müssen, um sich kurz zu erholen, dir ist es scheißegal, dass alle außer dir gut gelaunt sind, da du schon wieder nur herumgelegen und nichts getan hast. Und diese Bequemlichkeit, lass uns das noch einmal festhalten, kannst du dir nicht erlauben.

Das würde sie dir auch sagen.

Wach auf.

Jetzt ist es wirklich an der Zeit, aus der Hypnose hochzuschnellen und diese Matrix zu zerschlagen, so wie nur du es kannst, der eigenen und der gemeinschaftlichen Gunst zuwider, gegen alle Absprachen, trotz des Ohnmachtsgefühls, das du noch aus dem Ameisenhaufen in dir trägst, und trotz des offensichtlichen Ungleichgewichts zwischen den Kräften, es ist an der Zeit, unerwarteten Widerstand zu leisten und in den Händen der Polizei einen epileptischen Anfall zu markieren, vor den erschrockenen Blicken der Kollegen, die nicht glauben können, was für einen Idioten sie in ihren Reihen hatten, damit die scheinbare Kohäsion in ihre Elementarteilchen zerfällt. Der Mensch dreht dann durch, wenn man es am wenigsten erwartet, er lehnt sich auf, wenn alles schon vorbei ist, mit einer fetten Verspätung zweifelt er plötzlich an der Eintracht, am Sinn, am Singen, er verwandelt sich in den letzten Bauerntölpel, der die protokollarische Natur des Kampfes nicht begreift, seine diskursive Militanz und seinen praktischen Pazifismus, sondern er beginnt sich zu wehren, zu brüllen und um sich zu schlagen und tauscht seine hohen Ziele gegen niedrige ein, zum Beispiel in dem Moment, als er im Chaos der Handgreiflichkeiten spürt, dass sein linker Turnschuh ihm vom Fuß fallen wird, und anstatt sich die Niederlage einzugestehen, beginnt er, sich noch stärker zu winden und zu beißen, denn endlich hat er eine eindeutige Motivation. Und dabei schreit er herum, als würde man ihn abschlachten, er schreit, dass man ihm seinen Turnschuh zurückgeben solle, dass er mit seinem Geld diese Polizei bezahle, so wie er mit seinem Geld auch seine Schuhe bezahlt habe, und dass er nicht über die Mittel verfüge, neue zu kaufen, er ruft, dass er mit dem Oberbürgermeister, mit dem Premierminister und mit dem Staatspräsidenten sprechen wolle, und mit dem Chefredakteur, wo sind jetzt diese Arschlöcher, wo sind diese Diebe und Söldner, und so weiter, vollständig unartikuliert und ohne jeden Sinn. Am Ende stopft man ihn mit den anderen in den Polizeiwagen und legt ihm Handschellen an.

Es gibt einen alten Fluch: Dir möge gegeben und genommen werden, und es ist ein wahrer Spruch, und gerade, weil dein Verlust nichtig ist im Vergleich mit der Summe der kollektiven Verluste, im

Vergleich mit der Scheiße, in der ihr alle zusammen steckt, starren deine Genossen ohne das geringste Mitleid deine Socke an. An deiner Stelle würden sie vor Scham im Boden versinken. Aber du kannst es nicht, du hast eine Familie, drei Münder, sechs Hände und sechs Füße, davon einer barfuß, doch deswegen wirst du erst später weinen. Dann, wenn du dich an deinem üblichen Platz am Ende der Welt eingenistet hast und das Kind mit seinem nackten Popo auf deine Brust gekrabbelt ist, sich mit seinen Händchen und Füßchen auf diesen gefallenen Felsen von einem Vater stützen und einen Strahl Urin lassen und dich vollpissen wird, ohne jede Bösartigkeit, einfach deshalb, weil das Kind es nicht mehr aushalten kann. So wie du, als du alles um dich herum vollgeschissen und vollgepisst hast.

Es hat dich einfach überkommen.

Das hast du auch auf der Wache gesagt. Du hast deine Fingerabdrücke und Personalien hinterlassen, du hast abgewartet, bis die Anzeige wegen Störung der öffentlichen Sicherheit und Ordnung aufgesetzt war, irgendeinen Wisch unterschrieben, eine Plastiktüte bekommen, die du um deinen Fuß gewickelt hast, und dann erlaubte man dir zu gehen und dort zu versinken, wo du versinken musst, und du hast auf deinem Weg nach Hause präzise die Fallhöhe deiner absteigenden Bahn ausgerechnet, sie in Schritte und in die Kosten des kommenden Gerichtsverfahrens umgerechnet, und es hat dir leidgetan, dass man dich nicht verprügelt hat, dass du nicht ohnmächtig geworden bist, denn dann hätte man dich vielleicht nicht zu Fuß nach Hause zurückgehen lassen, so denkst du und rechnest, und zu allem Überfluss heulst du auch noch wegen dieses ganzen Unsinns, und zwar vor dem Kind, das nicht begreift, dass du nicht seinetwegen heulst, dass es nicht schuld daran ist, dass es zu einem Kurzschluss zwischen deinen Erwartungen und den realen Unmöglichkeiten gekommen ist, dass es nicht schuld ist an dem Äderchen in deinem Gehirn, das platzte, als du begreifen musstest, dass du dich in etwas eingemischt hast, das dich nichts angeht, an der unkontrollierten Eruption von Wut, die dann folgte, die ihr Ziel aber völlig verfehlte, an diesem ermüdenden Verschleudern von Energie, das den Wasserspielen eines Springbrunnens ähnlich ist, bei denen ja alles angefangen hatte, am Ausbruch der Verrücktheit, der Verbitterung und des Elends, dessen Zeugen bald einige Millionen Fernsehzuschauer sein werden, in nicht einmal einer halben Stunde, in den Nachrichten, doch noch einmal: Das Kind versteht diese komplizierte Kausalkette nicht, die zu einem Nervenzusammenbruch führt, es denkt einfach, dass du es nicht liebst, dass es dir auf die Nerven geht und dass es dich stört, da du es weder geküsst noch umarmt noch gekitzelt, sondern es vollgepisst der Mutter überreicht hast, und dann hast du dich schluchzend im Badezimmer eingeschlossen, du hast behauptet, dass du dich waschen musst, eine Ausrede, du hast nur auf dem Klo gesessen und wie ein Weib geflennt und deine Nase mit Klopapier abgewischt, wobei du das Wasser aus dem Hahn laufen lassen hast, damit dich niemand hört, und das Kind konnte wieder nicht wissen, dass auch das nicht seinetwegen geschieht, sondern einfach deshalb, weil du nicht wolltest, dass es dich in diesem Zustand sieht, obwohl es dich sehen wird, ausgerechnet im Fernsehen, den Papa, der den Staat, das Parkhaus und die Springbrunnen verflucht, während die Organisatoren des Protestes versuchen zu erklären, dass es sich hier um einen zivilisierten Protest gegen die Art handele, mit der man den öffentlichen Raum verwalte, den Papa, der jedoch all das Gesagte übertönt und der eine enorme Kraft investiert, um nichts zu erreichen, den Papa, der seinen in eine Plastiktüte eingewickelten Fuß hinter sich herschleppt und den Blick nicht hebt, den Papa, der vor Scham das Badezimmer nicht verlassen kann, der es nicht überleben würde, wenn ihn heute noch irgendjemand anspräche, deshalb muss er sich dringend in einer dritten Person verstecken, in jenem Typen, der nur auf der Couch liegt, Staub ansammelt und nicht spricht, nicht denkt, nichts versucht, nichts berührt, da er bestimmt etwas kaputt machen würde, wie sie ihm schon so oft vorgeworfen hat.

11.

SIE IST EIN BAGGER, der den ganzen Kram auf einen Haufen zusammenschiebt, und ein Besen, der den Staub fortkehrt, und die Salzsäure, die die Kalkablagerungen löst, und die harte Bürste, die die Wohnung blitzblank schrubben wird, bevor sie sie verlassen. Sie ist auch die Beklemmung, mit der sie in den Gegenständen in jenem Haufen stöbert, die nützlichen von den unnützlichen trennt, sie aus der Einheit herausreißen und dann in ordentliche Formen zusammenlegen wird, sodass sie in Säcke und Pappkartons passen. Sie weiß nur nicht, was sie mit der Couch und mit dem Mann tun soll, der diese an einer Leine hinter sich herzieht. Und mit dem Kind, das verwirrt das verlorene Territorium beschnuppert, wobei es einer vertrauten Spur folgt, die es zum Beispiel zu seinem Bettchen führen würde, das jetzt auseinandergebaut und mit einem Strick zusammengeschnürt neben der aufgeblähten Sporttasche liegt, auf die sie einen Zettel geklebt hat, auf dem geschrieben steht: Bettwäsche. Darin träumt der Stoffhase seinen ewigen Traum, erstickt unter einem Kopfkissen. Das Kind folgt seinem Geruch, es öffnet die Tasche und zerwühlt mit seinen Händchen das weiche Hasengrab, es zieht ihn an die Oberfläche, und obwohl es den Tod nicht begreift, spürt das Kind, das etwas endet, das etwas unwiderruflich verloren geht im Austausch für etwas, was ihm niemand ankündigt, wovon ihm niemand erzählt hat, denn die Eltern sind in irgendwelche wichtigeren Aufgaben vertieft, und sie fürchten sich davor, die großen Themen zu besprechen, das würde sie jetzt erschlagen, doch das Kind weiß nicht, wie zerbrechlich sie sind, und so kriecht es zurück zu ihnen und hält dabei seinen toten Freund am Löffel, als würde es wollen, dass sie ihm erklären, was mit dem Bettchen, mit dem Spielzeug und mit den Menschen passiert ist, wohin sie gehen und warum, was für Entscheidungen gestern Abend getroffen worden sind, während eines Geheimtreffens in der Küche, bei dem die drohende Botschaft des Vermieters, der die Geduld verloren hat, laut verlesen wurde, bei dem die nicht bezahlten Rechnungen aufsummiert wurden, ein unerträglich großer Haufen von Briefumschlägen, auch die dritte Mahnung, die das Abschalten des Stroms androhte, wurde geöffnet, den Strom hätten sie vorgestern bezahlen sollen, vorgestern, ein Umstand, der der Mutter so komisch vorkam, so irrwitzig, dass sie wie eine Irre zu lachen begann, es war ein Lachen, das wirklich irrsinnig klang, es durchraste ihr Rückgrat wie ein Schnellzug, rüttelnd, tosend und kichernd, es hatte einen ungewöhnlich Anfall von Schüttelfrost in allen Gliedern zur Folge, sodass der Vater sie fest an sich presste, aus Angst, sie könne sich etwas verrenken. Und als heute früh ein Ingenieur kam und ihren Stromzähler versiegelte, kicherte sie weiterhin, so wie sie jetzt immer noch kichert, sie kreist mit jener Eisenbahn am Rande des Wahnsinns, etwas ruhiger, aber gefährlich zu einer Seite geneigt, da sie einfach nicht glauben kann, dass die Glühbirnen nicht brennen, dass der Fernseher nicht läuft, dass auch der Kühlschrank nicht mehr funktioniert, sodass man ihn schnell mit dreckigen Handtüchern vollstopfen muss, damit das geschmolzene Eis nicht auf den Boden fließt, und dass sie dann gehen werden, gehen, gehen, nach Möglichkeit vor der Dunkelheit, vom Nirgends ins Nirgendwo, ebendas wurde letzte Nacht beschlossen, deshalb wickelt sie jetzt Schüsseln und Tassen in Zeitungspapier, sie legt sie in den Pappkarton, wobei sie, kaum zu glauben, noch immer nicht aus den Schienen gesprungen ist.

Wie soll sie das alles dem Kind erklären?

Denn das Kind denkt vielleicht, dass all das nur ein Spiel sei: Wie begräbt man einen Hasen, wie räumt man die Töpfe ein, die kleineren in die größeren, die leichteren in die schweren, wie komprimiert man sein ganzes Hab und Gut auf das Volumen des Gepäckraums, und wie schiebt man die Bretter zwischen die Sitze? Das Kind leidet vermutlich weder unter dem Verlust der Wände noch der Möbel, so wie er zum Beispiel unter der Trennung von seiner Couch leiden wird, diesem zahmen Tier aus Baumwollstoff, in dessen Umarmung er die Welt bis zum vollkommenen Nichts hätte pulverisieren, sie während der größten Erdbeben, Überflutungen und Stürme annullieren können, indem er seine Augenlider über das Bild der unwiderruflichen Zerstörung sinken ließ, auch jetzt täte er das am liebsten, auf den weichen Rücken der Couch springen, die Leine als Zügel verwenden und in die Dämmerung fortreiten, wenn er es nur könnte, und auf die gleiche Art würde er auch die Szene zunichtemachen, die folgt, wenn die Sonne am Horizont untergeht und der Reiter allein bleibt in der Unendlichkeit ohne Wände, ohne Zimmerdecke, ohne Türen, ohne Fenster, ohne Elektrizität, mit der Frau und mit dem Kind, die entgegen der Vorschrift auf dem Beifahrersitz angeschnallt sind, den man, genauso wie den Fahrersitz, nicht in eine Liegeposition bringen kann, da sich auf dem Rücksitz die Kisten stapeln. Doch das Kind denkt bestimmt nicht über die Zukunft nach, genauso wenig wie es über die Vergangenheit nachdenkt, es fehlt ihm die historische Erfahrung der tausend und mehr Jahre, der Blick auf die lilafarbene Küste, auf den Sternenhimmel, der sich in das Meer ergoss, und auf das glitzernde Meer, das zum Himmel emporstieg, auf all diese oberflächlichen Wunder der Liebe, die jeden Blick in die Tiefe verhindert hatten, und auf seinen Vater, der auf einem Felsen lag, mit einem Sonnenbrand auf dem Rücken, doch nichts störte ihn, und nichts besorgte ihn, da er glaubte, das Leben in seiner Faust zu halten, und auf die Mutter, die ihre Hand auf die Hand des Vaters gelegt hatte, auf sein Haar, auf seine Brust, auf seinen Wurm, auf den Lenker seines Fahrrads, sie hatte mal nach links und mal nach rechts gelenkt und so ganz ungewollt eine katastrophale Rolle bei ihrer Fahrt durch das Jahrtausend gespielt, über das jeder seine eigene Version hat, deshalb kann sich das Kind nicht auf Tatsachen verlassen, sondern es sollte vielmehr die ganze Geschichte ausgehend vom Ende aufs Neue rekonstruieren, wobei es die Mechanismen anwenden sollte, die es Gelegenheit hatte zu erlernen und die es dazu zwingen, ebenfalls jemanden anderen verantwortlich zu machen, es dazu bringen, endlich zu sprechen in dem Moment, in dem jeder Ausweg versperrt und jede Rückzugsmöglichkeit abhandengekommen ist, und seinen Verlust zu benennen, indem es die Silben Ha-se artikuliert, indem es Ha-se zu rufen beginnt, sie im Voraus beschuldigend, dass sie so unachtsam die Tür zuknallen und die Schlüssel auf dem Tisch liegen lassen werden, ohne sich an den Stoffhasen zu erinnern, der irgendwo auf dem Boden liegen geblieben ist. Das Kind ist imstande, die Ursprungsmatrix zu reproduzieren, es ist bereit, bis übermorgen zu brüllen, alles zu unternehmen, um sich dem entgegenzustellen, worum sie es bitten, seine ganze Kindheit hindurch, sogar das ganze Leben, und sich dann nach diesem erlernten Modell immer wieder selbst zu schaden, es kann ich will nicht ich will nicht ich will nicht wiederholen, bis sie ihm eine Ohrfeige geben, und sich dann zu einem Körnchen zusammenrollen und ihre Herzen durch seine Tränen brechen lassen, doch damit wird es den Hasen nicht zurückbekommen und die Tür nicht wieder aufschließen, genauso wenig wie sie es tun werden, mit diesen Brüchen in ihren Herzen. Das Kind verharrt in den Folgen, in ihrem Schlamm, und es merkt nicht, dass das nicht dieselben Menschen sind, dass das nicht dieselben Wände sind, es hat keine Ahnung, dass diese Wände einst von Büchern gehalten wurden, die in dichten Säulen aus dem Parkett sprossen und bis an die Zimmerdecken wuchsen und die mit Leichtigkeit jede Tür aufschließen, Fenster und ein Universum öffnen konnten, in dem alles möglich war, ohne jede Übertreibung, in dem es für jede Frage eine geprüfte Antwort gab und in dem auf jede Suche bereits eine Straße wartete, ein Mitreisender und ein Platz unter der Sonne, und in dem man für jede Stunde der Liebe einen tödlichen Vers finden konnte sowie unzählige neue Leben für die unzähligen Tode, die solche Verse verursacht haben. Dann verschleuderten sie die Bücher, alle, bis zum letzten, bis hin zu Dante, nur um etwas zu essen kaufen zu können und bald wieder hungrig zu sein, erschrocken und betroffen, da diese beschissene, beschissene Welt durch die abgeschälten Wände der Fiktion hindurchbrach.

Ohne Poesie.
Ohne Humor.
Ohne Einkommen.

In dieser Welt konnte man nicht mehr bestehen, was sie ihm auch sagte, schon damals, so können wir nicht leben, so werden wir es nicht aushalten, und dann beugte sie sich nach vorne, da sie wollte, dass er sie umarmte, das war alles, so schwor sie, aber er verstand ihre Geste nicht, er hörte nur die Worte, spürte die Provokation in ihnen, wich einige Schritte zurück, nahm eine Verteidigungshaltung ein und ging dann vom Rückzug zum Angriff über. Alle schwimmen im Dreck, sagte er, aber nicht er habe den Dreck erfunden und er könne ihn auch nicht einfach so vergolden. Die Ökonomie bewegt sich entlang der Amplituden von Wachsen und Fallen, langsam nach oben und blitzartig abwärts, es gibt keine Abkürzung, so sagte er ihr, als spreche er zu einer dummen Pute, schau nicht nach unten, sonst wird dir schwindelig. Und er umarmte sie nicht, sondern er ließ sie in dieser schiefen Position zurück, stellte den Fernseher an und zwang sie, die nächsten Stunden zuzuhören, wie wenig intelligent es sei, sich darüber Sorgen zu machen, wie man bestehen, überleben oder aushalten könne, während Menschen, Fabriken und Städte kopfüber an der scharfen Kante der Statistik abrutschen. Und sie tat ihm ein wenig leid, aber er hatte auch etwas Angst, deshalb verschanzte er sich auf seiner Verteidigungslinie und demonstrierte militärische Härte, in der es keinen Raum für Panik gibt, die Fähigkeit des Körpers und des Geistes, mit der man sich auf den Tod vorbereitet sowie die vollständige Lähmung der Gefühle und der Gedanken einübt, eine Härte, die sie auch einüben sollte, bis sie sich vollständig beruhigt haben würde, bis sie, symbolisch gesagt, gestorben sei, als würde sich die Welt tatsächlich fangen, wenn sie sich gefangen haben würde, als könnte er ihr etwas vorwerfen, wenn sie das nicht tun würde, und obwohl er es nicht wollte, warf er ihr genau das vor, ein wenig später, im schlechtesten Moment, dann nämlich, als der unerträgliche Schmerz eingesetzt hatte, als sie sich um ihren Bauch geknäult hatte, ihr Bauch bot ihr nicht mehr den geheimnisvollen Stupor des Glücks, sondern nur noch Terror, der die Grenzen des Vorstellbaren übersteigt, sodass sie die Zähne zusammenbiss und das tat, was jede Frau alleine tun muss, atmen, pressen und hinauspressen, und als es endlich vorbei war, und als sie wieder ihre Füße sehen konnte, bemerkte sie das unter ihren Füßen entstandene Loch, und sie missachtete seine Anweisungen und schaute nach unten, den Abhang hinab, in die Tiefe, in die Zukunft, und dort erblickte sie seinen in die Konjunkturkurve verhedderten Körper, neben seiner Leiche sah sie ihr Kind hängen, sie erblickte auch ihre lebenslange Gemeinschaft in diesem Knäuel und auch ihren ständigen Krieg, und es wurde ihr wirklich schwindelig, sie griff nach ihm, um nicht zu stürzen, und so glitten sie gemeinsam hinab, sie hielten sich dabei aus purer Angst umarmt, als würden sie damit den Aufprall abmildern können, wobei sie darüber stritten, wer wen gestoßen und wer als Erster nachgegeben habe, und sie konnten sich nicht einigen, so wie sie sich nicht mehr lieben konnten, tagtäglich, kontinuierlich, und sie erinnert sich genau an den Augenblick, in dem sie spürte, dass er es nicht einmal mehr in betrunkenem Zustand schaffte, in jenem Krankenhauszimmer nach der Entbindung, wo sie ihr Gesicht mit den Händen geknetet und untröstlich geweint hatte, angeblich wegen der Rosen, und er hatte auf dem Absatz kehrtgemacht und war davonmarschiert, als hätten ihre Tränen keinen Inhalt außer der Absicht, ihn für unfähig und dumm zu erklären.

Und der Zug rattert und tost und kichert, und sie kann bereits den Geruch des geschmolzenen Stahls riechen, der von den überhitzten Schienen tropft, sie kann sich die Katastrophe vorstellen, die folgen wird, wenn der Zug schneller als der Verstand rast, doch sie weiß wirklich nicht, was eine Stunde oder einen Tag später geschehen wird, sollten sie überleben, sie weiß auch nicht, was jetzt geschehen soll, da alles verpackt ist und da sie sich nur noch waschen können – und auch wir können das nicht vorhersehen, es gibt eine unsichtbare Bremse, die uns hindert, die nächste Stunde zu denken, diese Schwelle zu überqueren, diesen Schritt zu tun und die bekannte Aufteilung von Wänden und Dingen zu verlassen, sie führt uns wie eine Sprungfeder zurück auf sicheren Boden, dorthin, wo die Zukunft in einem beschissenen Fernseher wohnt, der ausgeschaltet werden kann, dorthin, wo die Schulden abstrakt und fremd oder die Gläubiger zu langsam sind, um ausgerechnet von uns die Schulden zurückzubekommen, wo die äußersten Folgen der Insolvenz immer aufgeschoben werden, sodass sie auf unsere Kinder und Enkelkinder warten, doch darüber sprechen wir nicht, da wir an den Schuldenerlass glauben, wir Glücklichen, wir glauben, dass Gott im letzten Augenblick eine Münze ausspucken wird, und deshalb sind wir nicht bereit, ohne Hoffnung zu sein, ohne Zimmerdecke und ohne Parkett, nicht einmal in der Fantasie –, sich waschen beim Schein einer Kerze, die in einer Untertasse auf dem Waschbecken steht, uns praktisch nach dem Zwiebelprinzip anziehen, die Flamme ausblasen, die Wohnungstür hinter uns zuziehen, für immer, und infolge des Fehlens eines Plans und eines Ziels einfach zum Teufel gehen, genau so, genau so, als hätten wir keine Verwandtschaft und keine Freunde, als gäbe es keine Ämter, Institutionen und Organisationen, die unser Recht auf ein menschenwürdiges Leben schützen, als hätten wir Gewissensbisse, da wir einen eigenen Fehler vermuten, wir zweifeln daran, dass wir uns hinreichend bemüht haben, wir befürchten, dass wir faul und dumm waren, dass wir im Koma lagen und dann auferstanden sind, erst dann, als alle milden Gaben aufgebraucht waren, und dass es wieder unsere Schuld war, dass wir zu spät reagiert haben, und deswegen werden wir keine Hilfe suchen, sondern demütig auch die andere Wange hinhalten – trotz all der Ohrfeigen, die wir schon bekommen haben. Hier sind wir: im Treppenhaus, auf der Straße, in der Dunkelheit, das ist unsere Geschichte, wir fahren und kommen nirgendwohin, die Zeit für das Abendessen ist verstrichen und nichts geschieht.

12.

EINES TAGES WERDEN WIR ÜBER ALL DAS LACHEN, sagte er zu ihr, nachdem sie die Stadt verlassen und die Ebene durchquert hatten, auf einer Seitenstraße in die Berge gefahren und stundenlang auf kurvigen Straßen durch den Wald geirrt waren, als sie das Fenster heruntergekurbelt und die Bäume eingeatmet hatte, sie atmete Farne ein, sie atmete Weiden ein und sagte immer wieder, dass sie Luft brauche, und nachdem er gesagt hatte: Weißt du was?, sie: Was?, er: Nichts; und nachdem sie zu ihm gesagt hatte: Vielleicht sollten wir …?, er: Ja?, sie: Vergiss es; dann hatten sie nichts mehr hinzuzufügen, während die stumme weiße Linie der Straßenmarkierung sie immer weiter durch die Nacht leitete, durch Tunnel und über Brücken, bis sie sie plötzlich bergab führte, sie spürten den Druck in den Ohren wegen des Höhenunterschieds, und nachdem aus dem Dunkel eine steinige, vom Wind kahl gewordene Landschaft aufgetaucht war, was bedeutete, dass sie das Meer erreicht hatten, und nachdem das rote Lämpchen auf dem Armaturenbrett angezeigt hatte, dass das Auto auf Reserve fuhr, was er mit dem Ausruf: Scheiße! quittiert und dann mit der Faust auf das Lenkrad geschlagen hatte, wobei er unabsichtlich auf die Hupe gekommen war, und nachdem sie ihm vorgeworfen hatte, dass er das Kind geweckt habe, das sowieso nicht schlief, und nachdem sie sich zu seiner Verwunderung für ihre Nervosität entschuldigt hatte und sie das Auto bis zur nächsten Tankstelle geschoben hatten, er schob auf der linken Seite und schlurfte dabei in seinen besten Schuhen, die er bei ihrer Hochzeit getragen hatte, über den Asphalt, durch das offene Fenster lenkte er das Auto, während sie von hinten schob, die Arme weit ausgebreitet und den Oberkörper beinahe parallel zur Straße, und nachdem sich beide hechelnd an die Brüstung des Rastplatzes gelehnt hatten, hinter dem die blasse Morgendämmerung emporstieg, umhüllt von einem Nebelschleier aus salzigen Kristallen, und nachdem er sich zum Pinkeln zurückgezogen und sie den Dreck von ihren

Händen gekratzt hatte, ihren Rücken dem aufsteigenden Morgen zugewandt, dabei die Raststätte beobachtend, wo jenseits der Fensterscheiben Touristen mit Toast, Eiern und Kaffee beladene Tabletts herumtrugen, nachdem auch sie zu dem Häuschen mit den sanitären Anlagen gerannt war, um sich, wie sie ihm im Vorbeigehen zurief, ein bisschen zurechtzumachen; die Hände zu waschen, die Haare zu kämmen und die Zähne mit dem Zeigefinger zu polieren, und nachdem sie wieder anständig ausgesehen hatte, so wie andere Touristen, doch ohne sich besser zu fühlen, und nachdem sie die Feuchttücher aus der Tasche geholt und ihn gebeten hatte, das Kind abzuwischen, denn sie musste angeblich etwas erledigen, was sie in der nächsten Sekunde vergessen hatte, sie war wie angewurzelt stehen geblieben, mitten im Durchgang zum Parkplatz, wobei sie an einem Fingernagel kaute und Menschen und Autos anstarrte, bis einer von ihnen hupte, um sie zu verscheuchen, sie sprang zur Seite, presste sich an die erstbeste Wand und zündete sich, obwohl ihr Magen leer war, eine Zigarette an, als würde sie wirklich wollen, dass ihr übel wird, und nachdem der Morgen schon richtig rosa und die Autokarosserien warm geworden waren, sodass sie sich sogar für einen kurzen Augenblick einbilden konnten, dass sie am selben

Nachmittag ihr Gepäck in einem Hotelzimmer zurücklassen, den Sonnenschirm am Strand aufbauen und damit die Reise beenden würden, und nachdem sie sich ausmalten, dass sie hier nur deshalb angehalten hatten, um ihre Blasen zu leeren und um zu frühstücken, und nachdem sie, ähnlich wie andere Familien auf Urlaubsreise tatsächlich das Restaurant betreten und ein Tablett mit Essen vollgeladen und die mit der Hand ausgefüllte Quittung entgegengenommen hatten, während die freundliche Kellnerin sich entschuldigte und erklärte, dass die Kasse nicht funktioniere, sodass sie die Rechnung zahlen könnten, wenn sie tankten, sie wischte dann noch den Tisch in der Ecke für sie sauber, brachte ihnen einen Kinderstuhl und wünschte guten Appetit, gute Reise und viel Spaß im Urlaub, und die Mutter griff nach der Hand des Vaters, strich mit der anderen Hand sanft über die Wange des Kindes und schaute sie mit einem strahlenden Filmlächeln an, von dem niemand glauben würde, dass es eingeübt war, und nachdem das Leuchten ihres Lächelns erloschen war und sie das Frühstück durch ihre zugeschnürte Kehle verdrückt und dann aus dem restlichen Brot und Käse ein Sandwich gemacht, es in eine Serviette gewickelt und mit der Hand alle Krümel fortgefegt hatte, und nachdem sie geseufzt, und nachdem er geseufzt hatte, und nachdem sie dann stillschweigend eine Partie Schach gespielt hatten mit den schmutzigen Untertassen und den leeren Tassen auf dem Tablett, während von seinem Gesicht der Schweiß tropfte, als ginge es bei jedem Zug um Leben und Tod, und nachdem er endlich das Spiel beendet und sich zu ihr gebeugt hatte, wobei er nicht wollte, dass irgendjemand sie hörte, sagte er das, was ihm schon seit langer Zeit durch den Kopf ging: Eines Tages werden wir über all das lachen.

Und natürlich erkannte sie diesen Satz, er führte sie zurück zum ersten Kapitel, in jenes warme Zimmer, hinter dessen Fenster zu Ostern der Schnee rieselte, und es war wirklich enorm wichtig, dass er ihr glaubte, dass er sie anlächelte, obwohl ihr Lachen dem Pfiff einer Lokomotive ähnelte, die vor einem Riss in den Schienen zu bremsen versucht, während sein Lachen dem Lachen eines Menschen ähnelte, der sich vor diesen Zug wirft, um ihn mit dem eigenen Körper zu stoppen, indem er seinen Kopf unter die Lokomotive legt, die mit voller Geschwindigkeit rast, sich auf ihn stürzt, sich in ihn rammt und ihn dann, einem Widder ähnlich, dessen Hörner sich mit den seinen verheddern, vor sich herschiebt, selbst nachdem die Lokomotive zum Stehen gekommen ist. So war das, als sie aufgrund eines scheinbar glücklichen Satzes zusammenbrachen. Niemand bemerkte etwas. Es sah so aus, als würden sie sich mit ihren Stirnen küssen. Oder als wären sie mit einer lautlosen Kugel erschossen worden, zusammengesackt über dem schmutzigen Geschirr auf dem Tisch, ohne Geld, um das Frühstück bezahlen zu können, ohne Benzin im Tank, ohne Zimmerreservierung in einem Touristenort, ohne Kraft, sich den Sommer vorzustellen und auch die Herbste und die Winter, die sich pausenlos aneinanderreihen, all das vor dem Kind, dem es nicht gelang, sie mit seinen Händen auseinanderzutreiben oder sie dazu zu bringen, sich aufzurichten, es konnte sie nicht einmal berühren, das Kind musste warten, es musste an die Unsterblichkeit seiner Eltern glauben, daran, dass sie nichts erschlagen und besiegen kann, dass sie nicht gestorben sind, sondern dass sie sich küssen und dass kurz darauf der Vater den Stuhl nach hinten schieben und aufstehen wird, dass er mit einer Handbewegung die Gehirnerschütterung von seiner Stirn wischen wird, um sich dann zum Ausgang zu begeben, und dass die Mutter ihre Frisur in Ordnung bringen, den Pony lässig über die Folgen der gerade erlebten Kollision fallen lassen und sich dann träge umsehen wird, als kreisten ihre Gedanken nur um Meer, Sonne und Luftmatratzen, sie wird dem

Publikum an den Tischen strahlend zulächeln, ihr Strahlen über all die Tabletts, Untertassen und Tassen verteilen, über die Glaswände, über den glühenden Parkplatz und über die Flucht der gesamten Küste, die bis nach Griechenland führt, und dann werden Edelsteine über ihre Lippen rollen.

Und das Kind wartete. Und glaubte.

Heute noch wird es im Meer baden.

Und dann stand der Vater auf und ging pfeifend durch die Tür, er krempelte die Ärmel seines Hemdes hoch und schob das Auto bis zur Benzinsäule, tankte und zwinkerte ihnen zu, als würde die frohe Zeit eigentlich erst jetzt beginnen, genau in dem Moment, in dem er der Mutter das Zeichen geben würde, das Sandwich und das Kind zu schnappen und selbstbewusst durch die Tischreihen zu laufen, dabei ihre Edelsteine zu verstreuen und deren geschliffene Kanten jedem, der ihnen folgen oder sie aufzuhalten versuchen würde, in den Weg zu legen, alle Löcher, Abgründe und Risse zu umschiffen, die sich vor ihr auftun würden, während sie das Kind an sich drückt und die Stunden zählt, die sie braucht, um die Strecke vom Restaurant zum Beifahrersitz zurückzulegen, wo er bereits wartet, er hat den Motor angelassen, er trommelt mit seinen Fingernägeln auf dem Armaturenbrett herum, er schwitzt noch immer, aber beharrlich pfeift er etwas Heiteres und Unverbindliches, ohne sich um die still stehende Zeit zu kümmern, und er wird so lange pfeifen, bis die Mutter die Tür geöffnet, sich gebückt und hingesetzt hat, das Kind auf dem Schoß, sich den Sicherheitsgurt angelegt hat, bis die Uhrzeiger sich entriegeln, damit die Zeit wieder voranschreiten kann, und erst dann werden sich die freundliche Kellnerin und zwei Männer in Tankstellenoveralls auf ihr Auto stürzen, wobei sie rufen und mit den Armen wedeln werden, sie sind gezwungen zu blinzeln, da Mutters Lächeln sie blendet, es leuchtet ihnen direkt in die Augen, es prallt von den Glaswänden und von den Sicherheitskameras ab, während der Vater den Rückwärtsgang einlegt und dann mit quietschenden Reifen auf die Ausfahrt zufährt, in aller Entschiedenheit, als wüsste er, was folgen würde, als hätte er all das selbst geschrieben, als wäre es wirklich möglich, die Wirklichkeit durch Worte zu ersetzen, der Oberfläche der Welt eine Fiktion überzuziehen und sie mit Wundern zu verzieren, die Reihenfolge der Dinge umzukehren, die Komposition der Landschaft auf den Kopf zu stellen, den Himmel mit den Inseln und das Meer mit den Wolken zu durchmischen und darauf eine Frau und ein Kind blau anzumalen, sie mit Gold, Perlen und Edelsteinen zu überschütten, die plötzlich im Überfluss vorhanden sind, und dann endlich etwas Großartiges zu tun: einen Punkt setzen, den Lenker herumreißen, Gas geben und ihnen zuliebe losfliegen.